恋する花嫁候補
Koisuru Hanayome Kouho

恋《こい》する花《はな》嫁《よめ》候《こう》補《ほ》

名《な》倉《くら》和《わ》希《き》
ILLUSTRATION：千《せん》川《かわ》夏《なつ》味《み》

恋する花嫁候補

LYNX ROMANCE

CONTENTS

恋する花嫁候補

送迎の車から下りた春己《はるみ》は、歴史を感じさせつつも古びたところはまったくない、華やかな印象の洋館を見上げ、しばし茫然《ぼうぜん》とした。

「すごい……。都内にこんなところがあったなんて……。ここに、あの人は住んでいるの……？」

一度しか言葉を交わしたことがない、憧れのあの人の姿を思い浮かべ、春己は胸の高鳴りをとめられない。

きれいに手入れされている洋風の庭には大輪のバラが咲き乱れ、立派な両開きの扉の玄関前には一般家庭には絶対にないような車寄せがある。その前には噴水があった。壺《つぼ》を担いだ女神の彫刻が中央に立っていて、澄んだ水が絶え間なく流れている。車寄せには春己が乗ってきたものとは別の黒塗りの外国車が停車していて、白手袋をはめた運転手が脇に立っていた。エンジン音が聞こえているので、これから家人が外出の予定なのかもしれない。日曜日だから仕事ではないだろうと思う。休日の外出に運転手つきの外国車で出かけるなんて、やはりセレブという括《くく》りに入る人たちは生活のレベルがちがう。

春己はここが国内有数の大企業、波多野《はたの》グループの中枢を担う波多野家だとは聞いていたが、家族が何人でどれくらいの使用人がいるのか、まったく知らない。ただ、数多くの候補者から幸運にも春己が選ばれて、今日この時間にここに来るようにと連絡をもらっただけだ。そして時間通りに、いま住まわせてもらっている家の車で送ってもらってきた。

まさか選ばれるなんて――。

国産車ではあるけれど春己にとっては十分に高級なセダンに乗せられて、この屋敷の門をくぐるまでは半信半疑だった。けれど門には『波多野』と立派な表札がかかっていたし、門柱の上には監視カメラがあったり警備員らしき制服の男が立っていたりと、ここがあの人の家であるのはまちがいない。すんなりと敷地内に入ることを許されたことから、自分はここに招かれたのだと信じられた。

だが、果たして自分はこの屋敷に馴染《なじ》めるのだろうか——という疑問が湧いてくる。

今日の春己は着慣れないスーツと革靴を身につけていた。春に高校を卒業したばかりで、制服があったため卒業式もそれで、スーツなんて着たことがなかった。自分のために用意されたスーツだが、服に着られているといった感じで、まったく馴染んでいない。大丈夫だろうか……自分……？

「加納《かのう》様、お待ちしておりました」

両開きの扉がゆっくりと開き、そこからシンプルな濃紺のスーツを着た男が出てきた。年齢は三十代半ばだろうか。すっと背筋が伸びていて姿勢がいい。整った顔立ちには表情らしいものは浮かんでおらず、切れ長の目は怜悧《れいり》すぎて一見怖い。髪はオールバックにしてあり、秀麗な額と耳がきっちり露出していた。一分《いちぶ》の隙もないという言葉がぴったりくるような感じの男だった。

「加納様、こちらです」

男は春己に向かってそう声をかけている。他にだれかいるのかなと周囲を見渡しそうになってすぐ、春己は自分のことだと気づいた。

「は、はいっ」

慌てて玄関へと早足で歩きだす。春己は三カ月前まで「小杉《こすぎ》」という名字だった。いまは「加納」という家に引き取られ、一カ月前に加納家に正式に養子として迎えられた。まだあたらしい名字には慣れておらず、加納と呼ばれても即座に反応できないことが多い。

春己が波多野家に選ばれて本人以上に大喜びしたのは加納夫妻だ。加納家には子供がいなかった。迎え入れた養子が縁戚関係にある波多野家に求められたのは無上の喜びらしい。彼らには恩がある。その恩に報いるためにも、春己は頑張《がんば》ろうと思っている。

頑張るって、なにを頑張ればいいのか、いまいちよくわからないけれど——。

とりあえず、今日からここに住むらしいので、あの人にもっと気に入られるように振る舞いたい。

「はじめまして、私は当家の執事、吉川《よしかわ》と申します」

年上の男の人に、丁寧に頭を下げられ、春己も慌てて倣った。

「こす……加納春己です。よろしくお願いします」

旧姓の小杉と名乗ってしまいそうになり、春己は内心焦った。吉川は特に不審には感じなかったようで、「こちらです」と先に立って、広いエントランスホールを横切っていく。二階まで吹き抜けになったエントランスホールは、まるでどこかの老舗ホテルのような豪奢《ごうしゃ》さだった。柱は飴《あめ》色で艶々しており、床は大理石。土足のままでOKらしい。重厚でありつつも暗くなく、高い位置にある窓からは初夏の陽光が降り注いでいる。床も壁も、優美な曲線を描いている二階への階段の手すりも、すべてピカピカだ。壁際の壺に生けられた花も生き生きとしている。

屋敷の中はしんと静まり返っているが、この状態を保つためにいったい何人の使用人がいるのだろう。気配がないのはどうしてだろう。どこかに隠れているのかな。ついきょろきょろしながら春己は歩いてしまった。

吉川が階段脇の廊下を進んですぐのドアをノックした。返事を聞く前に吉川はドアを開けてしまう。もしかしたら春己には聞こえなかっただけで吉川には返事が聞こえていたのかもしれないが。

「旦那様、加納様をお連れしました」

「ああ」

短く応えた声に、春己は一気に緊張を高めた。聞き覚えがある。あの人だ。あの人がここにいる。

「どうぞ」

吉川がドアを大きく開いて春己の入室を促した。緊張のあまりぎくしゃくとした動きになりながら、春己はその部屋に入る。

大きな窓から陽光がたっぷりと入る、広いリビングルームだった。猫足の高価そうなソファとテーブルが部屋の中央に置かれていて、そこに――あの人がいた。春己を見て立ち上がったあの人は、最後に見かけたときと変わらず、とんでもなく格好よかった。

きりりとした黒くて太い眉と二重の切れ長の目、高い鼻梁《びりょう》という、日本人にしてはかなりはっきりとした目鼻立ちと、百八十センチを超えているらしい身長、スーツが似合う胸板の厚さと足の長さはハリウッド俳優並みに花がある。だが浮ついた空気は微塵《みじん》もなく、そのまっすぐで力強いまなざしは大企業のトップに立つに相応《ふさわ》しい、威厳と知性に溢《あふ》れていた。

彼はスーツを着ていた。日曜日なのに。

「君が加納春己君か？」

「あ、はいっ」

はじめて名前を呼ばれた。感激のあまり涙ぐみそうになってしまい、春己はぐっとこらえる。

「私が波多野秀人《ひでひと》だ」

「加納、春己ですっ」

急いで頭を下げ、急いで上げた。

「はじめまして。あ、あの、指名していただけて、このうえなく光栄に思っています。精一杯、その、役目を……」

「ああ、いまは挨拶だけでいい。こちらから日時を指定しておいて悪いが、急に用事ができてしまった。ゆっくり話をしている時間がない。あとのことは吉川に頼んでおいたから」

「えっ……」

秀人はにこりともせずにそう言うと、春己の横を大股で通り過ぎる。

「あの……っ」

とっさに腕を摑《つか》んで引きとめてしまった。二十センチほど上からじろりと見下ろされ、春己は慌てて手を放す。秀人は春己が摑んだところを、なんともう片方の手でササッと払った。まるで春己が触

れた場所が汚れたかのように――。

茫然としている間に、秀人は広い背中を向けてさっさと出ていってしまう。

「少々、お待ちください」

吉川にそう言い置かれて、春己は一人だけリビングに残された。車寄せでスタンバイしていた外国車は、秀人のためのものだったようだ。日曜日なのに用事ができてスーツで出かけなければならないなんて、やはり波多野家の当主であり大企業のトップともなれば忙しいらしい。

でも、でもでもでも、たとえそうであったとしても、わざわざ選んで自宅に招いた春己に、あんな態度はないだろう。わくわくと希望に膨らんでいた胸が、見るも無残に萎んでいく……。

「……どうして？」

春己はいなくなってしまった秀人に向けて、ちいさく問いかけた。

もっと両手を広げて歓迎されるのだと思っていた。抱きしめてもらえるかもと、期待していた。ずっと好きだった人。こっそりと、想い続けた人。選んでくれたのではないの？　気に入ってくれたから招いたのではないの？

「僕は、あなたの花嫁として、選ばれたんですよね……？」

春己はか細い声で、秀人の残像を追うように問いかけた。

◇

今日はあの人に会えるかな――。

春己は仕事に行くとき、いつもそれだけを楽しみにしていた。正確には「会える」ではなく、「見かける」だったけれど、それで十分。ちらりと見かけることができれば、春己はそれから三日くらいは幸せな気分で過ごせるのだ。

期待を胸に、春己は一人暮らしの古ぼけたちいさなアパートを出て、自転車で出社する。春三月、ずいぶん自転車通勤が楽な季節になってきた。ほんの十五分くらいで着くので通勤は楽だ。勤務先に近いアパートが見つかったのはラッキーだった。ダウンジャケットをしっかり着こんでいると、アパートを出たときはちょうどいいけれど、ペダルを漕《こ》いでいるうちに暑くなってくる。本当に、もう春なのだ。辛《つら》くて長い冬が、やっと終わった――と、春己は空を見上げる。

小規模な商店街の外れに建つ、三階建てのビルに到着し、春己は隣の建物との隙間に自転車をとめた。しっかりロックしてから、ビルに入っていく。『逆井《さかい》ビルメンテナンス』と控え目な看板が掲げてあった。

「おはようございまーす」

元気よく声を出すと、事務員のおばちゃんたちが笑顔で「おはよう」と返してくれる。事務室の壁際に設置されたタイムカードを機械に通し、春己は更衣室に向かった。ダウンジャケットを脱ぎ、自分の名前がついているロッカーから水色のつなぎを取り出し、手早く着た。つなぎと同色のキャップをかぶり、隣の部屋へ移動する。

「おはようございます」

そこにはファイルを片手に持った現場リーダーが待っていた。ほかの社員も出社してきて、時間通りに朝礼がはじまる。

逆井ビルメンテナンスは、オフィスビルの清掃を請け負っている。会社の規模は大きくないが、丁寧な仕事と格安料金が企業に支持されて、じわじわと顧客を増やしていた。

春己は数日前に高校の卒業式を終えたばかりの十八歳だ。この会社でアルバイトをはじめてから半年になる。現役高校生が選ぶ職種としては珍しいかもしれないが、経済的に自立しなければならなかった春己は、時給のよさに惹《ひ》かれて応募した。

面接で家庭の事情を話した春己に同情してくれた社長は、清掃に関しては素人なのに、覚えていけばいいと言って雇ってくれた。平日の夕方から夜にかけてと土日をすべてアルバイトに費やし、なんとか生活し、高校卒業にこぎつけたのだ。社長には感謝している。

そのうえ、四月一日からは正社員にしてくれることになっている。標準よりもすこし小柄な春己にとって仕事内容はハードだが、半年たってずいぶん慣れてきた。まだまだ技術的には先輩たちに及ばないが、そこは真面目さでカバー。先輩たちも事務のおばちゃんも、みんな春己を可愛《かわい》がってくれていて、とても居心地のいい職場だった。

朝礼のあと、会社のワンボックスカーで移動する。車は都心のオフィス街へと入っていき、やがて高層ビルの下に着く。正面玄関ではなく裏の業務用の駐車場に停車した。

「着いたぞ」

運転手役の先輩の声がけで、後部のスライドドアから春己たちは下りた。掃除用の機材や洗剤も下ろし、台車に乗せて顔見知りになっている警備員に挨拶しながらビルに入った。

このビルは波多野ホールディングスという大企業の本社だ。おおきなビルなので逆井ビルメンテナンスだけが清掃を請け負っているわけではない。企業秘密に関わる企画部の中枢や幹部社員の部屋がある階は、波多野グループ内の清掃会社が厳重に固めていて、外部の清掃会社は下層階を担当していた。春己たちは、エントランスから三階までを掃除する。

さて、掃除をはじめよう――としたとき、不意にエントランスの空気が変わった。一瞬だけしんと静まり、すぐにさっきまでとはちがったざわめきが沸き起こる。この現象には覚えがあった。期待をこめて春己は振り返る。

（ラッキー……）

春己は心の中だけで声を弾ませた。幸運なことに、あの人に会えたのだ。

正面の自動ドアからスーツの一群が入ってきていた。その先頭に、あの人がいる。

すらりとした長身に仕立てのいいスーツ、華やかな柄のネクタイがよく似合う、すこし派手めの整った目鼻立ちは、モデルや俳優としてもやっていけそうだと、見かけるたびに思う。

だがその身にまとうオーラは、モデルや俳優などとはかけ離れている。まだ三十歳なのに、その威厳に満ちた立ち姿は、まさに創業者一族の当主にふさわしいものだ。だれもが彼の前に立つと気圧《けお》される。

いまも彼の周りには年配の男が数人従っていて、大股で歩くあの人に遅れまいと、小走りになっていた。足の長さが違うので、気の毒に思えた。

彼は波多野秀人。はじめてこのビル内で会ったときは名前を知らなかった。あとにもさきにも、あの人と口をきいたのは、その一度きりだ。

清掃のアルバイトをはじめてまだ間もないころ、春己は慣れないオフィスビルの様子に戸惑いながら廊下を歩いていて、社員とすれ違いざまにうっかりぶつかってしまったことがあった。

恰幅《かっぷく》のいい年配の社員とまだ高校生の小柄な清掃員のささいな事故。廊下に転がったのは春己の方だったが、社員は怒った。「どこを見ているんだ」と怒鳴られ、「清掃員のくせに廊下の真ん中を歩くな」とか「薄汚いつなぎで俺のスーツが汚れた」だとか、難癖をつけられた。

いま思えば、その社員は仕事でなにか嫌なことがあって、春己に八つ当たりをしただけだったのかもしれない。だが春己は社員の剣幕に委縮して、その場を上手に切り抜けることができなかった。一緒にいた先輩たちは驚いて涙ぐんでいる春己と一緒に謝罪してくれたが、その社員の怒りはなかなかおさまらなかった。

「どうした？　なんだこの人だかりは」

そこに、あの人が現れた。まさに颯爽《さっそう》という感じで登場し、年配の社員を一喝してくれたのだ。

「ただすれ違いざまにぶつかっただけなのだろう。なにをそんなに騒ぐ必要がある？　見ればこの清掃員はまだ見習いの札をつけている。学生のアルバイトか？」

春己は突如として現れたスーツを着たヒーローに、ぽかんとしながらもかろうじて頷《うなず》いた。

「すまなかった。社員教育が徹底していなかったせいで、君に辛い思いをさせてしまった」

一介の清掃員でしかない春己に、彼は潔く頭を下げてくれた。野次馬たちが一斉に息を呑《の》んだのがわかり、この人はもしかして立場がある人なのではと思った。

「さて、部署と名前は？」

彼は自分よりもずっと年配の社員に冷たい目で詰問し、

「そうか、わかった。直属の上司にあたる人間に報告させてもらう。今後、我が社の品性を貶《おとし》めるような幼稚な行為は慎んでもらいたい」

それだけ言い置いて、登場したとき同様、風のように去っていった。年配の社員の方は、青い顔でそそくさと野次馬の中にまぎれていった。

名前を聞いておけばよかったと思いついたのは、なんとか清掃のノルマを終えて帰社してからのことだ。逆井ビルメンテナンスの先輩社員たちの中で、だれか知っている人がいるかもしれないが、まだだれともそんなに親しくなかったし、今日は迷惑をかけてしまったので、気後れしてそんなことは聞けなかった。

なにかひとつでも手掛かりはないかとインターネットで波多野ホールディングスのサイトを覗《のぞ》いてみたら、代表者からの挨拶というページに堂々と彼の顔写真が載っていた。

まさかの、社長だった。

まだ三十歳。びっくりしたが、すぐ驚愕《きょうがく》は感心に、好奇心は憧れへと変化していった。

秀人のことが知りたくて、いろいろと調べた。すくないお小遣いから書籍代を出して、いままで縁がなかったビジネス系の雑誌まで買った。表紙に秀人の顔がおおきく載っている雑誌を発見したからだ。生まれながらの御曹司であり、血筋だけでなく企業のトップとしての能力にも優れ、カリスマ性まで備わっていると評判の経営者だと書かれていた。

以来、春己は秘かに憧れ続けている。もう憧れの時期は通り越して、恋になっていたが、望みは欠片《かけら》ほどもないとわかっている。ただこうして、ときおり見かけるだけで十分だった。

「おい、避けろ」

先輩たちが通路の脇に並んだので、春己も隅に加わる。秀人一行が通り過ぎるのを、やや俯《うつむ》いて待った。彼らにとっては、清掃員なんて置物の次くらいの認識だろうか。まったくこちらに意識を向けることなく一行は通り過ぎ、エレベーターホールへと向かっていった。

春己はキャップの下から秀人の後ろ姿を盗み見る。目に焼きつけておこう。つぎにはいつ会えるかわからないのだから。秀人はおそらく清掃員に熱く見つめられているなどと、露ほども思っていないにちがいない。そのままエレベーターに乗って、上階へと移動していってしまった。

「さ、はじめようか」

リーダーの合図で仕事に取り掛かる。いつものように体を動かしながら、春己は秀人の姿を思い出していた。


春己は天涯孤独な身の上だ。半年前までは、優しい両親と三人で、ささやかながら郊外の一戸建てに住んでいた。父親は会社員、母親はパート、夫婦仲はよくて、年に一度の家族旅行の行き先をどこにするか、夕食後にあれこれとお喋《しゃべ》りするのが趣味のような二人だった。

高校生活にもなにも問題はなかった。普通に友達はいたし、成績は中の上くらいで、もうちょっと頑張れば進学希望の大学のA判定がもらえそうだった。予備校が宣伝している、冬休みの直前講習会に申し込もうかどうか迷っていたときに、事故は起こった。

春己が高校三年の秋、両親が交通事故で揃《そろ》って亡くなったのだ。

警察からの話だと、父が運転する車は時速四十キロ制限の道路をやや速度オーバーの五十キロで走行中、信号のない交差点で横断歩道を渡ろうとした老人を避けようとしてハンドル操作を誤り、電柱に激突したという。運転していた父と、助手席に乗っていた母は、病院に運ばれたが亡くなった。

横断しようとした老人は車のバンパーに接触していた。転倒して大腿骨《だいたいこつ》を骨折。命に別条はないものの高齢のため完治は見込めず、車椅子の生活になった。

突然の事故で両親が亡くなり、ショックのあまり茫然としながらも、春己は被害者とその家族に謝罪した。いつも安全運転の父が人身事故を起こしてしまったなんて信じられなかったが、現実は重く受け止めなければならなかった。

自動車保険の手続き、生命保険の手続き、葬儀の手配——。親戚がいない春己は、高校生の身でありながら、すべてを一人で取り仕切らなければならなかった。悲しみに打ちひしがれている場合ではなかったのだが、あまりにも辛くて、両親のあとを追いたいとまで思ったときもあった。

一番辛かったのは、被害者への賠償として、保険会社から支払われる以上のものを請求されたときだった。自力で歩いて買い物に行くことができていた老人が、車椅子に乗って、介助者が付き添わなければ外出できない体になってしまったのは事実だ。加害者である父親はもういないが、財産を処分すれば払えるだろうと詰め寄られて、春己には対抗する術《すべ》も、交渉する気力もなかった。

結果、家族で暮らした思い出深い一戸建てを売ることになった。

春己にはなにもなくなってしまった。母親が春己名義でこつこつと貯《た》めてくれていた大学進学用の七ケタの貯金だけが残された。そのお金は、春己が一人で暮らしていくアパートの敷金礼金に使わせてもらった。残った金額では当座の生活費を考えると墓を立てるほどの余裕はなく、両親の骨は骨壷に納められた状態で、一人暮らしのアパートにある。人に話すと気味悪がられることもあるが、春己は両親がそばにいてくれているような気がして、安心できた。

高校は辞めなかった。あと半年で卒業なのだ。大学進学は無理でも、せめて高校はきちんと卒業したかった。それには担任教師も賛同してくれた。

学校としては土日のアルバイトは許可しているが、平日夜のアルバイトは禁止している。そこを特例として認めてもらった。比較的、高校に近い場所に仕事が見つかり、さらに自転車で通勤できる距離にアパートが見つかった。保証人には担任教師がなってくれた。親身になってくれた担任には、とても感謝している。いろいろと辛いことが重なったけれど、こういうところはラッキーなのではないだろうか、と春己は思っている。

四月になって正社員にしてもらったら、資格を取る勉強もしたかった。時給に惹かれてビルメンテナンスという業種に飛びこんだけれど、いまでは遣り甲斐《やがい》のあるいい仕事だと思っている。技能を磨くだけでなく、将来的にはキャリアアップのために清掃管理評価ができる資格を取ることも視野に入れていた。そして、生活が安定してきたら貯金をして、両親の墓を立ててあげたかった。

将来的に家庭を持つことを考えてお金を貯める必要性は感じていない。なぜなら、春己はおそらくゲイだからだ。異性に惹かれたことがない。

気がついたのは小学生高学年のころだろうか。はっきりしたのは中学生になってからで、優等生の生徒会長や、教育実習に来た大学生にほのかな恋心を抱いた。

自分がゲイかもしれないという重い悩みは、いままでだれにも打ち明けたことはない。どんなに親しい友達でも、話すことは躊躇《ためら》われた。軽蔑されたり、言いふらされたりして学校に行き辛くなるのが怖かった。

両親にもカミングアウトはしていなかった。一人っ子だから、いつかは結婚を望まれるだろうとは予想していたが、晩婚化が進む時代だから、とうぶんはのらりくらりとかわせるだろうと思っていた。

こんなに早く別れが訪れると知っていたら、秘密など持たずにすべてを打ち明けていればよかったかもしれない。いや、一人息子の性向を知らないまま旅立った両親は、嫁も孫も見られない現実に嘆くことなどなく、ある意味、よかったのではないかと思うこともある。答えはない。

春己は今年で十九歳になるが、恋人などできたことはない。いままでは年上の格好いい先輩に憧れるだけで心が満たされていた。事故以降は生きていくことで精一杯だった。一人が寂しいと思う暇もなかった。だが四月からの生活のメドもたち、ふっと一息ついたときに、自分は一人なんだなと寂しさを感じた。こういうときに、恋人がそばにいてくれたら、どれだけ心休まるだろうか――。そんなふうに夢見てしまう。

ゲイの出会いの場には、怖くてまだ足を向けていない。なにもしなければ、このまま会社と自宅の往復だけになることもわかっていた。日常で同類を探せるほど嗅覚が発達しているわけでもないし、勇気もない。もうちょっと大人になったら、決心がついたら、そういった場所にちょっとだけ行ってみるのもいいかもしれない――。そんなふうに、春己は数年先のビジョンを脳裏に描いていた。

だが、そのビジョンが脆《もろ》くも崩れた。本当に、唐突だった。職場の先輩たちも、寝耳に水状態だったらしい。逆井ビルメンテナンスが倒産したのだ。

いつものように自転車で出勤した春己は、会社の建物の前でたむろしている数人の先輩社員を見つけて首を捻《ひね》った。事務のおばちゃんもいる。こんなことははじめてだ。浮かない顔をして話をしている彼らに、春己は「おはようございます」と声をかけた。

「ああ、春己君、大変よ！」

反応よく振り返って駆け寄ってきたのは事務のおばちゃん。会社の正面玄関に張り紙がしてあるのを指差し、「会社が潰れちゃったみたい！」と叫んだ。

しばらく、意味がわからなかった。というより、脳が理解することを拒否したような感じだった。

茫然と立ち尽くしている春己に、先輩社員たちが口々に説明してくれた。ビルメンテナンス業は順調だったが、社長が色気を出して立ちあげた副業（家庭用洗剤の通信販売だったらしい）がうまくいかず、そちらでかなりの負債を抱えこんだ。なんとか立て直そうとしたが、結局できず、煽《あお》りをくってこちらも倒産――ということらしかった。

「俺たちは真面目に仕事をしていたのに。社長の野郎、なに考えてやがる」

「今月の給料って、出るのか？　出なかったらマジでヤバい。嫁になんて言えばいいんだ」

「すぐにでもつぎの仕事を探さないと」

先輩社員たちはそんな話をしていた。資格を持っている先輩たちは、きっとすぐに同業種で仕事は見つかるだろう。事務のおばちゃんたちは、年齢もあって再就職は難しいかもしれないが、すでに子育てを終えている人たちばかりなので、やっきになって仕事を探さなくてもいいかもしれない。

だが春己は、貯《たくわ》えと呼べるものはほとんどない。春己名義の通帳に残っている現金は、アパートの敷金礼金と、この半年ほどの生活費としてすこしずつ使い、かなりすくなくなっている。学校へ行きながらのアルバイトでは、生活費のすべてを賄えなかったからだ。それも、この三月までだと楽観視していた……。

(どうしよう……)

まさかこんなことが起こるなんて。目の前が暗くなった。

会社前に立っていても社長から連絡があるはずもなく、その場は解散となった。みんなが春己の境遇を知っているので心配してくれたが、力のない微笑《ほほえ》みで「大丈夫です」と返事をするしかなかった。自転車に乗る元気がなくて、とぼとぼと引いて帰った。その途中のスーパーでアルバイト情報が掲載されているフリーペーパーをもらった。

とりあえず、いますぐにでもなにか見つけて、電話で面接の申し込みをして、明日にでも採用してもらわなければならない。ショックで茫然としている場合ではなかった。二十四時間営業のファミレスやコンビニの深夜シフトならば、採ってくれるだろうか。二十歳を過ぎていれば楽勝だったかもしれない。それと、外見がもっと大人びていれば。

帰宅した春己は、洗面台で手を洗いながら、目の前の鏡にうつる自分を見つめた。

もうすぐ十九歳になる青年がそこにいる。頭が小さく、首が細くて肩も薄い。お世辞にも頼りがいのある容姿ではなかった。中学生には間違われないだろうが、あきらかに二十歳前。まだ十代で学生でもなく一人暮らしで両親がいないと話すと、家出したのではないか、いまいち信用できないといった顔をされることがある。頼れるのは逆井ビルメンテナンスの社長と担任教師だけだった。社長は春己どころではないだろうし、高校を卒業してしまったいま、担任だった教師をいまさら訪ねるのは気が引ける。

自分一人でなんとかしなければ。働かなければならない。日々の生活をどうにかしなければ、両親の墓なんて夢のまた夢で終わってしまう。

（あの人にも、もう会えないんだ……）

一目ちらりと見かけられれば幸せになれた、あの人。春己には縁がない世界の住人だから、きっともう会えないだろう。ささやかな——本当にささやかな楽しみだったのに。

悲嘆に暮れている余裕などないとわかっていたが、春己はすぐに動き出せないほどショックを受けていた。

翌日、せめて溜《た》まった家事くらいは片付けようと、汚れものをコインランドリーへ持っていく準備をしているところに、来客があった。

古びたアパートではあったけれど呼び鈴は鳴る。ピンポンと軽い音がして、薄い玄関ドアを開けると、そこには明るいグレーのスーツを着た、メガネの男が立っていた。歳は五十歳を過ぎたくらいだろうか。やや腹部が太めだが、背筋をぴんと伸ばした堂々とした立ち姿には、日常的に人の上に立つ役職についている空気があった。パリッとしたスーツはいかにも高級品で、ネクタイは原色に近い黄色だった。髪はきっちりと後ろに撫《な》でつけられて、乱れはまったくない。メガネもまた高級そうな洒落《しゃれ》たデザインだった。足元には顔がうつるほどピカピカの革靴があって、あまりにもこのアパートには不釣り合いだ。両手の指には幅が広くて宝石が輝く指輪がはめられている。シンプルな結婚指輪以外にファッションで指輪をつける男の人を、春己はテレビ以外ではじめて見た。スーツの袖からちらりと見えた腕時計もまた宝石がキラキラと光っているものだ。

上流階級に属する人間がいるとしたら、こういう男のことを指すのではないかと、春己はぽかんと口を開けながら見つめた。

「こんにちは、小杉春己君」

「あ、はい、こんにちは……」

初対面のはずなのに名前を呼ばれて驚いた。男はスーツの内ポケットから名刺を取り出した。差し出されて、反射的に受け取る。『波多野ホールディングス　取締役　執行役員　加納正造《しょうぞう》』と印刷されている。

ついー昨日まで清掃に行っていた、あの人がいる会社の名前に目を丸くする。

「あ、あの……？」

「ちょっと上がらせてもらってもいいかな？　大切な話があるんだが」

まさか仕事の苦情だろうか。いやでも、そんなことはアルバイト待遇の春己に言うべきものではない。でも会社の事務所が閉まっていたら、そういうこともありえるのだろうか？　そもそも、どうやって春己の住所を知ったのだろう？

混乱しながらも用件がわからないのに追い返すわけにもいかず、春己は「どうぞ」と加納を中に入れた。六畳一間の狭い部屋だが、物が少ないのでそんなに窮屈な印象はない。それに清掃会社に勤務しているのだからと、いつも掃除はしていた。

加納は部屋の中をぐるりと見渡し、カラーボックスの上に置かれた両親の位牌《いはい》に目をとめた。

「手を合わせてもいいかな？」

「あ、はい。ありがとうございます」

もしかして両親の知り合いだろうか、と別の可能性に思い至った。加納は位牌の前に正座し、しばらく両手を合わせて目を閉じていた。顔を上げて春己に向き直ったとき、メガネの奥の加納の目は、すこし潤んでいるように見えた。

「まさか、こんなことになっているなんて……。いろいろと大変だったね」

「…………あの、加納さんは、父の仕事関係の方でしょうか？」

一番ありえそうなところを口にしたが、加納はゆっくりと首を横に振った。

「私は君の母親の縁戚だ」

「ええっ？」

お茶を淹《い》れた方がいいのかなと頭の隅で考えていたが、驚きのあまりすっ飛んだ。いままで親戚というものに出会ったことがなかったからだ。両親には親戚はいないと思っていた。

「君の母親の祖父は、私の妻の祖父と兄弟だったんだよ」

つまり、従姉妹《いとこ》よりも遠い親戚で、加納自身は春己と血縁関係にはないということだ。

「親戚関係は遠くても、君の母親と私の妻は子供のころに近所に住んでいたらしく、とても仲良くしていたと聞いた。だが君の母親は反対された結婚を強行したために、勘当されたそうだ。以来、なかなか連絡が取れなかったようで、事故で亡くなったと聞いたのも最近なんだ。駆けつけてあげられなくて、本当に申し訳なかったね。どうしても外せない用事で妻は今日来られなかったが、君に会いたがっていたよ」

「加納さん……」

春己は喜びに胸を震わせた。まさか遠いとはいえ親戚がいたなんて。しかも春己を気にかけてくれていたと聞いて、感激のあまり涙ぐみそうだった。

「現在はここで一人暮らしなんだね。事故の賠償のために家を売ったと知って、君がどんなに辛い思いをしたかと考えるだけで胸がしめつけられるように痛かった。よく頑張ったね」

あたたかい労《いた》わりの言葉に、春己はこらえきれずに涙をこぼした。期待していた会社が潰れた衝撃も、春己の涙腺を緩くしていたのだろう。俯いて洟《はな》をすする春己の背中を、加納は優しく叩《たた》いてくれた。

それから春己は、聞かれるままに辛かったことを話した。波多野ホールディングスには清掃の仕事で行っていたと言うと、加納は「すごい偶然だね」と驚いていた。逆井ビルメンテナンスに勤めていて、つい先日倒産したことは知っていたが、実際にどこで仕事をしていたかは知らなかったらしい。

正社員の採用がなくなり経済的に困窮するかもしれないという、近い将来の悩みを打ち明けると、しばらく無言になった加納は、思い切ったようにひとつの提案をしてきた。

「うちに、来るかい？」

「えっ………」

遠い親戚とはいえ、会ったばかりなのに、そんなことを言ってくれるなんて。

「ここに住んでいるのは、会社が近かったからだろう？　その会社がもうなくなったのなら、ここにいる理由がない。私の家に住めば、とりあえず生活費は節約できるだろう」

「で、でも、僕なんかがいきなり……」

「そうだね、いきなり引っ越しは急ぎすぎかな。試験的に一週間くらい加納家に泊まってみるか？　事故からの半年間、君は全力で走り続けてきたはずだ。すこし疲れてきただろう？　ここで一旦、休憩してみてはどうかな」

「そんな、図々しくないですか？」

「どこが？　両親を亡くした親戚の未成年者が困っていたら、手を差し伸べるのが常識だろう？　妻は絶対に反対しないから大丈夫。君のことをとてもとても心配していたから、むしろ手元に置いておいたほうが安心するだろう。我が家には子供がいなくてね。夫婦二人で寂しかったところなんだ。君が来てくれたら、とても明るくなって楽しいと思うのだが……」

加納は本気のようだった。春己は逡巡《しゅんじゅん》したあと、とりあえず一週間だけ世話になることを決めた。

その場で荷物をまとめ、嬉《うれ》しそうな笑顔の加納に連れられて、アパートを出る。外で待っていたのは、黒塗りの外車だった。やはり加納は身なりからもわかるように、裕福らしい。波多野ホールディングスの執行役員なのだから当然か。

ふと、打算が頭の中に閃《ひらめ》いた。執行役員という肩書きがどういうものなのか春己はまったく知識がないから知らないが、もしかして憧れのあの人に近い立場なのだろうか。もしそうなら、もう二度と会えないと絶望していたあの人に、また会えるチャンスが巡ってくるかもしれない。

連れていかれたのは、広い庭園を持つ、重厚な日本家屋だった。加納という表札を見つけて、ここが正真正銘、加納の自宅なのだとわかる。

「あら、あなたが春己君？　まあ、なんて可愛いのかしら！」

引き戸を開けて飛び出してきたのは、ころころと丸い体をした中年の女性だった。加納の妻だ。小柄な体に緑色のワンピースを着て、肩までの髪をふわふわとカールさせている。メガネの端にチェーンがかかっているのが、小学校か中学校の校長先生かＰＴＡ会長のようだなと思った。

「はじめまして、小杉春己といいます」

「私は、加納富士子《ふじこ》よ。ちょうど今帰ってきたの。よく来てくれたわね。嬉しいわ」

春己を大歓迎してくれた富士子は、それからも世話を焼き続けてくれた。夕食は豪華だった。富士子ではなく通いの調理師が作ったそうだが、家庭的なメニューばかりで、忘れていた母親のあたたかさが思い出された。一人きりの食卓が、いままでどれだけ春己を苛《さいな》んでいたかも自覚した。加納夫妻とテーブルを囲み、雑談しながらの食事はこのうえもなく美味《おい》しかった。

結局、お試し期間の一週間が過ぎても、春己はアパートに戻らなかった。十日後、引き払うことに決めた。すくない私物は業者に頼んで処分してもらった。必要なものはすべて加納夫妻が用意してくれたのだ。春己は両親の位牌とお骨だけを持って、加納家に同居することとなった。

落ち着いたら仕事を探したいと思っていた春己だが、富士子にすすめられていろいろと習い事をしていたら、いつの間にか多忙になっていた。英会話教室や書道は興味があったので勉強する機会を与えてもらって嬉しかった。だが茶道に華道、マナースクールにまで通うことになり、春己は疑問を抱くようになった。どの教室も受講料は高い。合計すると月数十万になる。オーダーメードでスーツを作るからと加納に言われたとき、とうとう春己は質問した。

「どうして僕にここまでしてくれるんですか？」

「どうしたんだい、突然」

夕食後のコーヒーを楽しんでいた加納は、目を丸くして春己を見た。

「ここまでしてもらう理由が、僕にはありません。立派なお屋敷に住まわせてもらって、すべてを失った僕に、家庭のあたたかさをもう一度与えてくれたことは感謝しています。それだけで十分なんです。こんなにお金をかけてもらって、僕はどうしたらいいのか……」

加納夫妻は顔を見合わせ、「じつは……」と口を開いた。

「私たちは君を養子に迎えたいと思っているんだ」

思ってもいなかった話に、春己は困惑するしかなかった。

「驚いたかい？　もっと君がここに馴染んでから相談しようと思っていたんだが……。私たちには子供がいない。加納家の後継者をどうしようかと、ずっと二人で悩んできた。近い親戚に年頃の子供はいるが、その、あまり素行がいいとは言えなくてね」

「その点、春己君なら申し分ないと思ったのよ」

富士子が目を潤ませて春己の手を握ってきた。ふくよかな手は、とてもあたたかかった。

「苦労してきたからかしら、ううん、ご両親の育て方がよかったのね。春己君はとてもいい子だわ。春己君になら、この加納家のすべてをあげてもいいと思っているの」

「でも、僕なんか……」

加納家がどれほどの資産家なのか、詳しいことは知らないが、この屋敷だけでも相当なものだろう。しかし自分は、血の繋《つな》がりなんてほとんどないような遠い遠い親戚でしかない。

「だから、加納家の後継者としてふさわしいように、春己君に教養を身につけてもらいたいんだ」

「楽しそうにお稽古に通ってくれているみたいに見えたけれど、迷惑だったかしら？」

「いえ、そんな、迷惑ってことはないです。それぞれ楽しいです」

「無理していない？」

「無理していません。本当です」

春己は嘘をついてはいない。自分には縁がないと思っていた茶道や華道ですら、未知の世界に足を踏み入れたようなワクワク感があって面白かった。あたらしいことを学ぶのは楽しいものだ。

「よかった、そう言ってもらえて」

富士子はホッとしたように笑顔を浮かべた。

「今度、ご両親のお墓も立ててあげたいと考えているの。どうかしら」

「えっ、そんなことまで……」

まさか亡くなった両親のことまで考えてくれていたとは思わなかった。春己は胸がじんと熱くなる。

「あの、両親の墓は、自分の力でいつか立ててあげたいと思っていたんですけど……」

「余計なお世話だった？」

「いえ、そんなことはありません」

「ではこうしよう。とりあえず、私たちがご両親の墓を立てる。いつまでも骨壷のままでは、ご両親が安らかに眠れないかもしれないだろう？　春己君は律儀な性格だから、私たちに墓を立ててもらったことをずっと気にするかもしれないから、君はいつか私たちに恩を返すつもりでいてくれればいい」

加納が魅力的すぎる提案をしてきて、春己は迷った。加納家にそこまでしてもらうのは心苦しいが、春己を養子にしようとまで気に入ってくれ、両親の墓がないことを心配してくれていた——。

「……ありがとうございます……」

春己は感激のあまり言葉を詰まらせながら頭を下げた。

「そこまで考えてくださって、本当にありがとうございます。嬉しいです」

「じゃあ、こんど一緒に墓石を見に行こうか」

加納が優しく微笑んでくれて、春己は頷きながら濡れた目元を指先で拭った。

各種の習い事はそのまま続行することになり、数日後、採寸のために銀座のテーラーへ行った。その後、仮縫いのために再訪し、二週間後に完成した。きちんとしたスーツははじめてで、春己は緊張して鏡の前に立った。

「まあ、なんて格好いいのかしら！」

富士子は大喜びで、なんと写真スタジオの予約をした。

「記念に撮りましょう。プロにとびきり素敵に撮ってもらわなくちゃ」

断ることはできない勢いで押され、春己は七五三以来になる、写真スタジオでのプロによる撮影というものを受けた。春己はもうすぐ十九歳だが、来年は二十歳の成人だ。両親が生きていたら、こんなふうに写真スタジオで撮っていたのかもしれないと思うと、加納夫妻にあらためて感謝の気持ちが湧いてきた。

養子の件は、春己がもう少し落ち着いてからゆっくり考え、それから結論を出してくれればいいと言われた。加納夫妻の気持ちはありがたいが、春己はまだ両親の息子でありたかったのだ。だが都内の霊園に立派な墓を立ててもらい、納骨を無事に済ませたとき、胸のつかえがすっと取れた。やっと両親の死を受け入れることができたような、不思議な感覚だった。

「僕、養子のお話を受けようと思います」

するりと自然に言葉が出ていた。加納夫妻はとても喜んでくれて、翌日には加納家の顧問弁護士という壮年の男が現れた。ひととおりの書類に署名して、弁護士が各所に提出してくれ、春己は加納家の息子となった。

「これからは加納春己になるので、よろしくお願いします」

頭を下げた春己に、加納夫妻は笑顔で「こちらこそ」と言ってくれた。春己のあらたな人生のはじまりだった。

写真スタジオで撮ったスーツ姿の写真が、とんでもないところで信じられない扱いをされたと聞かされたのは、六月になってからだった。加納家に来てから、二カ月半ほどがたっていた。

その日、加納は浮かない顔で帰宅するなり、居間に春己を呼んだ。

「なにかあったんですか?」

深刻な表情なのになかなか話しださない加納に焦《じ》れて、春己がそう促した直後、座卓の向こう側で加納がいきなり土下座した。

「すまない、申し訳ない!」

「えっ?」

いきなり謝罪されても意味がわからない。ぽかんとしていると、加納は沈痛な面持ちで話しはじめた。

「君の写真を見て、我が社の社長が気に入ってしまったようなんだ……」

「気に入る……？　社長って……」

もしかして、加納の言う社長とは、あの人ではないだろうか？　心臓がバクンと跳ねた。

「波多野ホールディングスの社長、波多野秀人だ」

春己は思わず息を呑んでいた。加納は眉間に深い皺《しわ》を刻んだまま、困惑した感じで首を横に振る。

「どうして君の写真が社長の見合い写真の中にまぎれこんでしまったのか、まったくわからない。君を自慢したくて会社に持っていった私が悪いんだろうが……」

「社長の見合い写真って……いくらなんでも、僕の写真がまぎれたらわかりますよね」

春己は女装していたわけではない。誂《あつら》えてもらったスーツを身につけていたのだ。当然の疑問に、加納はしばし無言になり、躊躇いがちに口を開いた。

「その……非常に言いにくいことなんだが……社長は三カ月ほど前に、カミングアウトしていてね」

「えっ？」

カミングアウト？　なにをカミングアウトしたのだ？　まさか——。

「女性よりも、男性が好きだと、はっきり公言した」

春己は唖然《あぜん》とするあまり、瞬きも忘れて加納を凝視した。春己の反応に、加納が苦笑する。

「社長はもう三十歳だ。今年で三十一歳になる。そろそろ結婚しろと、周囲の人間がうるさかったんだろう。結婚はしない、なぜならゲイだからだ、と——」

まさか、まさか彼がゲイだったなんて。あんなに格好よくて、家柄もよくて社会的地位も財産もあって、それこそ結婚相手なんてよりどりみどりだろうに、ゲイ？

信じられない……。けれど、本人が公言したなら真実なのだろう。波多野ホールディングスの社長ともあろう人が、ふざけてそんなことを言うはずがない。

彼がゲイ。いったいどんな人が相手に——って、ちょっと待て。さっき「気に入ってしまった」と言っていなかったか？ 春己の写真を見て……。

「え、えっ？ 僕……ですか？ あの、社長が僕を……？」

一気に心臓がバクバクと暴れ出し、春己は動揺しまくった。そんなことがあるはずないと否定しつつも、加納が嘘《うそ》を言う理由などない、これは本当なんだと歓喜する自分もいる。はじめて会ったときからずっと、あの人に憧れ続けていた。もうビルに行けなくなったし、二度と会えないだろうと落胆していた。それなのに、こんな幸運が——！

「社長がカミングアウトした直後から、周囲の人間がふさわしいパートナーをあてがおうと、今度は条件に合いそうな男性を探しはじめた。男性だろうと女性だろうと、社長にはきちんとした家柄の、信頼できる人物と結ばれてほしいからね。どこの馬の骨ともしれない相手を伴侶に選んでしまい、あとで大変な揉《も》め事が起こっても困る。それで見合い写真が社長のもとに送られるようになった。もちろん、男性の写真だ。その中に、なぜか君の写真が混ざってしまったというわけだ」

「はぁ、そうですか……」

もはや春己は加納の話など聞いていない。こうなった経緯はどうでもよかった。自分が選ばれたという事実で、春己の胸はいっぱいだったのだ。

あの人はいったいどんなタイプの人が好みなのかと夢想することがあったが、まさか自分のような男が好きだったなんて。こんな幸運はない。頼りがいのなさそうな、線の細い自分が嫌になることもあったが、いまはじめて春己はこれでよかったんだと思えた。

「それで、春己君、申し訳ないんだが、私の顔を立てると思って、波多野家へ行ってもらえないだろうか」

加納は苦しそうに顔を歪《ゆが》めながら、春己に頭を下げてきた。

「さっそく波多野家に住みこんでもらい、相性をみたいということなんだ。君にこんなことを頼むのは心苦しいのだが、断れない。社長の頼みを断れるほど、私には力がないんだ。私のため、妻のためと思って、ここは我慢して――」

「行きます」

春己は頬を紅潮させて了承した。断るはずがない。あの人に選んでもらえて求められているのなら、なにがなんでも行くつもりだ。行った先でなにがあるかなんて、この時点ではまだ具体的なことはなにも考えていなかった。ただ、あの人に会いたい。近くに行くことができる。話もできるかもしれない。ひとつ屋根の下に寝泊まりできるなんて、まるで夢のようだ。

「僕、行きます。いつから行けばいいですか？　明日？　明後日？」

いますぐにでも出発できるというほど気が急《せ》いている春己に、加納が怪訝《けげん》そうな顔をした。

「大丈夫なのか？　その、私の話の意味を、きちんと理解しているのか？」

「していますよ。波多野秀人さんの伴侶に選ばれたということですよね？」

「ああ、まあ、そうなんだが……」

「大丈夫です。頑張ります」

なにを頑張ればいいのかわからないが、とにかくドキドキわくわくして、明るい未来が待っているとしか思えなかった。加納がなぜ春己を変な目で見ているのか、まったく気にしていなかった。

「君は男なのに、男のところへ嫁に行けと言われているんだぞ。土壇場になってから、やっぱりできないと言われても困るんだが……」

「だから、大丈夫です。じつは僕もゲイなんで」

つるっとカミングアウトしてしまった。加納がドン引きしたが、春己は頭の中がお花畑になっていて、視界に入っていない。

「ゲ、ゲイ…だったのか……？」

「そうです。だから、すごく嬉しいです」

正直に気持ちを言葉にした。加納が一瞬だけ嫌悪感を秘めた目で見てきたが、やはり春己は察知できない。

「あの、波多野秀人さんのことは、知ってます。一回だけですけど、言葉を交わしたこともあって、すっごく素敵な人だなって、憧れていたんです。だから、今回のこと、本当に、夢のようです。嬉しいです」

「へぇ…………」

この数カ月の辛さや寂しさが、一気に吹き飛んだような気がする。あの人のそばに行ける。あの人の伴侶になれる。抱きしめられたり、キスしたり、ひょっとしてそれ以上のアレコレもあるかもしれない――。

どうしよう、経験どころか知識もない。これはすこしくらい勉強した方がいいのだろうか。いやでも、なにも知らない方がいいという場合もある。どっちが好みなのだろうか。

「春己君？」

「あ、はい」

いけない妄想をしていて、加納の存在を忘れていた。

「その、波多野家は由緒正しい家柄で、屋敷も、執事までいるような古くて大きな洋館だ。使用人の数もうちとは比べものにならないくらい多いだろう。もし馴染めなくて嫌な目にあったとしても、加納家のために耐えてほしい。逃げ帰ってくるようなことは、絶対にしないでくれ。私からの願いはそれだけだ」

「わかりました」

執事がいると聞いて、春己は背筋を正した。この加納家よりもすごい家らしい。果たして自分はやっていけるだろうか——。男の身でありながら、春己は秀人のもとへ、花嫁候補として行くのだ。嫁ぎ先の家風に馴染めるかどうかは、男女がちがったとしても重要な問題だろう。気を引き締めて、挑まなければならない。

「加納家のためにも、頑張ります」

春己は加納にそう誓ったのだった。

◇

ふわふわと浮かれつつも意気ごんで波多野家に来た春己だが、秀人との会話はたったの三十秒だった。リビングに取り残されて茫然と立ち尽くしている春己のもとへ、玄関で主《あるじ》を見送ったらしい執事の吉川が戻ってきたのは数分後だ。

「加納様、では章人《あきひと》様のお部屋へご案内します」

「あ、章人、様？」

だれですか、それ。首を捻った春己に、吉川は当然のように「秀人様の弟です」と答えた。

「二階です」

さっと踵《きびす》を返してリビングを出て行ってしまうので、春己は慌てて吉川のあとをついていった。

吉川はエントランスホールに戻り、緩やかな螺旋《らせん》を描く二階への階段をすたすたと上がっていく。身長差があるからか、はたまた足の長さのちがいか、吉川の歩幅が大きくて春己はついていくために小走りにならなければならなかった。有能な執事ならば客人に合わせて歩くのが普通——ましてやいまは案内している——だと、春己は気づけなかった。吉川がわざとそんな対応をしていて、春己の反応を窺《うかが》っていたと聞いたのは、ずいぶんあとになってからだ。

「こちらです」

吉川はひとつのドアの前に立ち、ノックした。こんどは「はい」とかすかに声が聞こえた。吉川がドアを開けて「秀人様、加納様をお連れしました」と中に向かって声をかける。そして「どうぞ」と室内へと促された。

「し、失礼します……」

秀人の弟ならばきちんとしなければならない。春己は緊張しながら部屋に入った。そこは一階のリビングよりは落ち着いた雰囲気だったが、やはり床に敷かれた絨毯《じゅうたん》も壁際に置かれた家具も、どれも高級そうな色艶とデザインだった。そして中央には布張りのソファとテーブルがあり、大きな窓の前に車椅子に座った少年がいた。中学生か高校生くらいだろうか。目鼻立ちがすっきりと整っていて、髪は艶やかな黒、やや卵型の輪郭の顔に、利発そうなぱっちりとした目が印象的だ。その目が春己をまっすぐ見つめてくる。

この少年が秀人の弟だろうか。かなり年が離れているように思うが――。

「はじめまして、波多野章人です」

にっこりと微笑みながら自己紹介されたので、春己も恐縮しながら名乗った。

「はじめまして、加納春己といいます。あの、秀人さんの弟さんですか」

「はい、弟さんです」

くすっと笑いながら返されて、春己は頬がじわりと赤くなるのがわかった。なにをどうしていいかわからなくて、緊張感がマックスに近づいてくる。てっきり秀人と対面したあとは、今回の経緯だとか今後のことだとか、とにかく秀人との話し合いが持たれるのだろうと思っていた。それなのに、肝心の秀人は出かけてしまい、弟の章人に引きあわされている。秀人が留守のあいだ、章人が春己の相手をしてくれるということだろうか。

そもそも、春己は秀人に弟がいることを知らなかった。春己が男ながら花嫁として来たことを、この弟は知っているのだろうか――?

「どうぞ、おかけになってください。いまお茶をお持ちします」

吉川にソファに座るように言われて、春己はぎくしゃくと動いて座った。章人が車椅子を操って、ソファに近づいてくる。敷かれた絨毯は毛足が短いので、車椅子は無理なく進んできた。

「あの、どこか悪いんですか？」

聞いていいものかどうかわからなかったが、なにも聞かないのもおかしいだろう。

「ちょっとケガをしたんだ。生まれつきどこかが悪いわけじゃないよ」

言いながら、章人は下半身を覆っていた膝掛けをめくった。右足にギプスが装着されている。

「あと、肋骨《ろっこつ》が折れてる。胴体をコルセットで固定しているんだ。もうすこしよくなったらコルセットは外せると思うけど、足はまだだな」

「骨折？　事故ですか？」

「うん、学校の階段で派手に落ちちゃって。ただふざけていただけなんだけど、まさかこんなケガをするなんて、思ってもいなかった。おかげで自宅療養を余儀なくされて、暇すぎてたまらない。加納さんが来てくれてよかった」

なんだ、それなら体は健康なんだなと、春己はホッとした。ケガが治りしだい学校に行けるのならば、そう心配することはないだろう。

「加納さんって、十八歳って聞いたんだけど」

「はい、そうです。三月に高校を卒業したばかりで」

「だったら僕の方が二学年も下になる。タメ口でいいよ。章人って呼んで」

高校二年生ということだろう。二つも年下ならタメ口で呼び捨てにするのはおかしくない。だが章人は秀人の弟だし、波多野家の人間だ。本当にそんなふうにしてもいいのだろうか。

「あの、じゃあ、とりあえずタメ口は……努力します。でも、名前は章人君と呼ばせてください」

「そう？　んー……わかった。もっと仲良くなったら、変更してもらっていい？」

「それは、はい。僕のことは、名字ではなく名前で呼んでもらっていいですか」

まだ加納と呼ばれることに違和感がある。加納家を背負ってここに来ているのは確かだが、四六時中、それを意識させられそうなのも嫌だった。

「春己さんって呼んでもいい？」

春己が頷いて、二人でにっこり微笑みあったところで、ノックがあった。章人が返事をすると、吉川がワゴンを押しながら部屋に入ってくる。陶器のポットとティーカップ、皿が三段も重なって、それぞれにお菓子やサンドイッチが並べられたものもワゴンに乗っている。どれも美味しそうで、春己は目が釘付けになった。緊張のあまり今朝からほとんど食事をとっていなかったのだ。

吉川はコトリとも音をさせることなく、それらをテーブルに置いていく。すべてをセッティングしてしまうと、章人に歩み寄り、吉川が屈《かが》んだ。章人の背中と膝裏に腕を差しこんだと思ったら、ひょいと抱き上げてしまう。小柄に見える章人だが高校生にもなればそこそこの体重はあるだろう。それなのに、まるで子犬でも抱き上げるような感じで苦もなく持ち上げた吉川に、春己は呲然とした。横抱きにされた章人には特に驚いた様子はなく、ごくあたりまえのことのようにソファに移されている。

「それでは、なにかありましたら、お呼びください」

軽く頭を下げて、吉川は部屋を出て行った。思わず目で追ってしまった春己は、閉じられたドアをぽかんとしたまま眺めた。

「吉川がどうかした？」

「あ、いえ、なんでも………」

執事という存在が珍しいだけでなく、やることなすことにいちいちびっくりしていると説明するのもおかしいかと、春己はあいまいに笑ってごまかした。とたんに、腹がぐぅぅと鳴った。恥ずかしさに赤くなった春己を、章人が微笑みながら見てくる。

「お腹が空いてるの？　どうぞ、食べて。うちのシェフが作るサンドイッチは美味しいよ」

「………いただきます………」

ここで拒むのも変だし、空腹なのはもうバレてしまった。春己はありがたくいただくことにした。


新宿《しんじゅく》のホテルに向かう車の中で、波多野秀人はため息をついた。

「まったく……当日の朝になってから呼び出すとは、自分の父親ながら計画性のなさに呆《あき》れるな……」

こぼれるのは愚痴だ。波多野ホールディングスを背負うにはいささか力が足りなかった父親は、五年前、若干二十五歳の息子に家督も社長の座も譲って、権限のない会長職に引いた。以来、悠々自適の生活を送りつつ、ときおり経済界の重鎮と食事会をしたりゴルフをしたりして隠居生活を楽しんでいる。第一線を退いた元当主がいつまでも居座ってはダメだろうと、夫婦揃って都内の波多野家から

も引っ越してしまった。夏は那須《なす》、冬は熱海《あたみ》の別宅でのんびりしている。

本来ならまだ最前線で戦っていなければならない年齢なのに、自分よりも息子の方が適任だからと、あっさり退いたわけだ。当時はその潔すぎる決断に経済界は驚愕したが、秀人が父親の期待以上の働きをしてみせたので、いまでは正しかったという納得の声しかない。

そんな父親から、秀人は急に呼び出された。父親のように完全引退、あるいはなかば引退している元重鎮たちの昼間のお茶会は軽い世間話が恒例なのだが、どういった経緯があったのか、隣国から客人が来るらしい。もちろん、財閥系のＶＩＰ待遇を迫られるレベルの客だ。

父親は慌てて秀人を招いた。そつなく対応する自信がないのだろう。突然の電話に驚き、かつ腹が立ったが、その客への対応いかんによっては今後の日本経済に影響があるかもしれないと、わかりきったことを父親に言われてしまっては、行く以外に選択肢はない。

「今日は完全オフのはずだったんだがな……」

付き合いのゴルフもなく出張の移動日でもない今日のオフは、秀人にとって貴重だ。年の離れた可愛い弟とたっぷり時間を過ごすのを楽しみにしていた。

章人は学校でケガをしてから、自宅療養している。執事の吉川が不自由ないように世話をしてくれているのはわかっているが、かなり暇そうで、つまらないようだった。今日は話し相手になってやり、すこし勉強も見てやろうかと思っていたのだ。

「ああ、そうだ、あの青年……」

頬をピンクに染めて、かなり緊張した面持ちで秀人に挨拶していた、加納春己という青年のことを思い出す。彼ともゆっくり話をして、人柄を見極めてから屋敷に置くかどうか決めようとしていたのだが、それができなくなった。

「まあ、吉川が見てくれているだろう」

自分より五つ年上の吉川を、秀人は信頼している。仕事に関してはプロフェッショナルで、父親から引き継いだ執事職を完璧にこなしてくれていた。十数人いる使用人をまとめる統率力も、経理の能力も、かなりのものだ。

吉川が屋敷を管理してくれているから、秀人は安心して外で仕事をしていられる。

「まず吉川があの青年は合格だと判断して、さらに章人が気に入ってくれると面倒がなくていいんだが……」

写真で見たよりも、加納春己という青年はあどけない印象をしていた。きちんとしたスーツを着てはいても、柔らかな若木のようなしなやかさと、世の中の荒波を知らずに育ったような純粋さ、優しさのようなものが滲《にじ》み出ていた。ようは子供っぽいのだ。もうすぐ十九歳だと聞いていたが、もしかしてそれはまちがいで、章人と同年代だろうか。いや、そうすると高校生ということになってしまう。

大学生で、秋からの留学に備えて休学中だと資料にあったことを思い出す。

「執行役員の加納の息子だと聞いたが……」

あの男はいくつだったか。五十代だったと思う。

「……加納には、似ていないな。母親似かもしれない」

加納とは役員会でしか顔を合わさない。父の代からの役員で、とくに目立った人物ではなかった。父親から社長職を引き継いだとき、幹部メンバーの注意事項も受け取っている。あきらかな反秀人派を表明している者、今後そうなりそうな者、玉虫色の者、クセはあるが味方につけたら心強い者――など。その中に、加納についての項目はなかった。つまり、可もなく不可もなく役員職をこなしているということだ。

そんな加納の息子が春己。役員の家族ならば身元はしっかりしている。まだ挨拶しかしていないが、あの様子だと大切に育てられた令息で、おっとりとした性格のようだ。

あとは、吉川の目に適《かな》うかどうか――。

「章人のいい話し相手になってくれれば、私も安心なんだが……」

思いがけず療養生活が長引いているので、章人の話し相手がほしいと思っていた。秀人は多忙でなかなか時間が取れない。吉川も執事としての仕事がある。勉強が遅れないように、週に三日ほど家庭教師に来てもらっているが、肋骨が折れているため運動もできないし、ただ部屋でインターネットをしたりテレビを見たりしているだけなのは、十七歳の高校生にとって健康的とは言い難い。かといって高校の友達を安易に屋敷に入れることはできなかった。波多野家には敵が多い。いちいち身上調査をしてもいいが、それが原因で章人の学校での人間関係を壊したくない。そういった事情は章人も理解しているので、無闇と友人を招くことはしない。不平不満をほとんど秀人に言わないことが不憫《ふびん》に思えて、兄としては気にしている点なのだ。

もしあの青年が見た目通りの純朴な性格でなければ、秀人の目が曇っていたということだろう。

秀人のもとに届けられた山ほどの見合い写真の中に、加納春己のものがあった。スーツ姿だったり袴《はかま》姿だったりの男性ばかりの写真にうんざりとしつつも、だれがどういう人選を行って送ってきたのか把握するために、ひととおり見たのだ。

「……バカなことを言ってしまったもんだ……」

秀人は三カ月前のカミングアウト騒動を思い出し、自嘲気味に呟《つぶや》く。

当時、ここ二、三年で急増した縁談が鬱陶《うっとう》しくて、秀人は苛立《いらだ》っていた。親戚だけでなく会社の重役たちが、秀人との関係を深めたいという魂胆で、自分の娘や姪《めい》、果ては元ミスキャンパスだったという部下をこぞって薦めてきていた。

秀人は結婚願望などなく、波多野家のために子供を残す気持ちはなくはなかったが、いまは仕事のことで頭がいっぱいだった。やりたいこと、やらなければならないことが山積みになっている。家庭を持ったとしても、疎《おろそ》かにするのは目に見えていた。まだ高校生の弟と波多野家の管理は、吉川に任せておいてまちがいはない。身の回りのことは使用人がきちんとやってくれる。精神的な支えとして女性を必要とするほど、秀人は軟弱ではなかった。

波多野家の後継者は、章人が作ってくれるかもしれないし、秀人が急いで結婚する必要はないと思っている。

だから、つい言ってしまったのだ。結婚しない、という宣言を――。

『女性は好きではない。どちらかといえば男性の方がいい。だからもう、見合い写真は持ってくるな』

波多野家の親戚が一堂に会する、法事の席で堂々とカミングアウトしてしまったのだ。

秀人としては、最後の『もう見合い写真は持ってくるな』という部分だけを周囲の人間に言いたかったただけだ。女よりも男の方が好きだなどと、三十年間生きてきて思ったことはない。そう、カミングアウトは、まったくの嘘だったのだ。

勢いで言ってしまったあとに「やっちまった」と悔やんだが、すぐにこれでいいかもしれないと開き直った。無理に結婚させようとする輩《やから》はいなくなるだろう。これで静かになる、と。

ところが、そんなに甘くなかった。こんどは男性の見合い写真が山のように届きはじめたのだ。年齢は秀人とのバランスを考慮してか、三十歳前後。見目麗しい容姿の男から、筋骨隆々とした男まで、さまざまなタイプの写真が。

秀人はげんなりした。本当にゲイだったらよりどりみどりで喜ぶところだったかもしれないが、そうではないのだから嫌になるのも当然だ。写真に添えられた釣り書きを斜め読みしながら、どこのだれの紹介なのか、身内なのか、とりあえず頭に入れた。

加納春己に目をとめたのは、最年少だったからだ。清潔そうで優しげな笑顔がよかった。章人の話し相手にちょうどいいのではないかと思った。吉川に相談して写真を見せたら、賛成してくれた。

秀人は秘書を通して加納に連絡をした。息子を章人の話し相手として波多野家に寄こしてほしい

――と。そして今日、青年はやってきた。第一印象は悪くない。ゆっくり話してみたい。

「とりあえず、用事を済ませたらすぐに帰ろう」

秀人はひとつ息をついて、車のシートに凭《もた》れた。


章人の部屋でお茶を飲みながら、春己はいろいろなことを話し、たくさんのことを聞いた。

秀人と二人きりの兄弟で、父親が早々とリタイアしてしまったために母親も一緒に別宅へ移り住んでしまったこと。吉川がいるので不自由なことはなにもなく、寂しくもないこと。

聞けば聞くほど波多野家は一般家庭とはちがう。そもそも使用人が十数人もいる時点でかけ離れていた。加納家も使用人はいるが、運転手と調理師が一人ずつ、洗濯と掃除を担当する通いの女性が一人、庭師も通いだった。だが波多野家は敷地内に寮があり、ほとんどの使用人はそこで寝起きしているると聞き、びっくりする。しかも男性寮と女性寮、家族向けの寮と三種類あるというから、桁がちがう。

「吉川さんもその寮に住んでいるの？」

「ちがうよ、吉川だけはこっちに部屋がある。一階の一番奥に」

「へぇ、執事だから？」

「執事だから。呼べばすぐに来てくれる。いつ呼んでもスーツを着ているから、きっとスーツのままで寝ているんだ」

「まさか」

顔を見合わせてクスクスと笑った。いつのまにか敬語がなくなって、友達のようにタメ口で喋っていた。楽しい。高校の卒業式以来、ひさしぶりに同年代の子とゆっくり話すことができて、春己は嬉しかった。

しばらく話しただけで、春己は章人の清々《すがすが》しいほどの屈託のなさを好きになってしまっていた。もちろん恋愛感情ではない。弟か、学校の後輩と喋っているような感じだ。大切に育てられてきたことがわかる。兄の秀人が親代わりになっているらしいので、そんなところも素晴らしいと、感心してしまった。

「スーツといえば、ごめん、気がきかなくて。ラフな服装に着替えてもらえばよかった。ついうっかり話しこんじゃって……」

「そんなの、僕も楽しくてつい時間を忘れてしまったから」

「春己さんの部屋は、廊下を挟んだ反対側のどこかだと思う。吉川を呼ぼう」

章人は膝掛けの上にちょこんと乗せていたちいさなベルを、チリチリンと鳴らした。しばらくしてドアがノックされる。吉川が「お呼びですか」と入ってきた。吉川は急いで来たという空気は微塵もまとっておらず、髪は一本も乱れていない。スーツはもちろんぴしっと一分の隙もなかった。

すごい。あんなちいさな音をキャッチして駆けつけてくるなんて。執事というのはスーパーマンのごとき身体能力でなければならないのか。

「春己さんを部屋に案内してあげて。楽な服装に着替えた方がいいと思わない？」

「かしこまりました」

頷《うなず》くと、「僕も行く」という章人を、吉川はまた抱き上げて車椅子に移した。そっと車椅子を押しながら、「こちらです」と春己についてくるように視線で促してくる。

章人の部屋を出てすぐのドアを吉川が開けた。章人の部屋よりはやや狭いが、それでも十分な広さの洋室。どっしりとしたベッドとアンティーク調のライティングデスクが置かれていた。ベッド脇には一人掛けのソファが二つあり、ちいさなテーブルがひとつ。

「滞在中は、こちらの部屋をお使いください。加納家から届けられた荷物は、すでにクローゼットの中に収納してあります」

「ありがとうございます」

吉川が造りつけのクローゼットの扉を開けて見せてくれる。加納が適当にみつくろって着替えを送ると言ってくれたが、本当になにからなにまで新品が揃っていて、驚いた。養子になったのだから衣類を揃えてもらうのはあたりまえなのかもしれないが、春己は加納のためにまだなにもしていない。してもらうばかりでは、申し訳ない。

「あの、秀人さんはいつお帰りですか？」

思い切って吉川に訊《たず》ねてみた。表情のない顔で真意を問うようにじっと見つめられ、春己は怯《ひる》んでしまいそうになるが、ここは踏ん張らなければならない。

「このお屋敷に滞在させてもらうわけですから、もっと、その、交流というか、親しくなりたいと思って……」

「――そうですね、旦那様も加納様の人となりを見極めたいとお思いでしょう。今日は仕事ではないのでそう遅くはならないと思います。夕食には間に合わないでしょうが、お戻りしだい、加納様の希望をお伝えします。それでよろしいですか？」

「はい、ありがとうございます」

とっつきにくい人ではあるが、きっと吉川は職務に忠実だろう。伝えると言ったことは絶対に伝えてくれると、春己は安心した。吉川と章人が意味深にちらりと視線を交わし合ったことに、まったく気づかなかった。

「じゃあ、春己さん、着替えたら僕の部屋にまた来て。夕食の時間までなにかＤＶＤでも見ない？」

「わかった。すぐに行く」

章人は吉川に車椅子を押されながら部屋を出て行く。一人きりになって、春己はひとつ息をついた。やはりはじめての家――しかもこんな豪邸は、緊張する。やっと加納家にすこし慣れてきたところだったのだが、波多野家はまた独特の雰囲気だ。古い洋館だからだろうか。

でも章人がいい子でよかった。仲良くなれそうだ。秀人の家族なのだから、絶対に仲良くしなければならないとの気負いは、すぐに溶けてなくなった。話しやすいし、なによりも春己を歓迎してくれている。吉川はちょっと怖い感じだが、春己が波多野家の迷惑になるようなことをしなければ、大丈夫だろう。

春己はスーツを脱いで、クローゼットの扉を開けた。カジュアルなデザインのシャツとパンツに着替える。どれも高級品とわかる着心地で、春己は加納に感謝した。

「旦那様、着きました」

白い手袋をはめた手にそっと揺り動かされて、秀人は目が覚めた。いつのまにか眠っていたらしい。車のかすかな振動は、疲れているときに効く。長年、波多野家の運転手として勤めてくれている初老の使用人は、柔和な笑顔で秀人を覗きこんでいた。

「お疲れですね」

「ああ……ひさしぶりに年寄りたちの相手をして、疲れた」

ため息をつきながら窓の外を見遣ると、運転手の言う通り、屋敷の車寄せに帰ってきていた。すっかり日が暮れた初夏の庭を、オレンジ色の照明がところどころ照らしている。

ゆっくりと車を下りると、両開きの玄関扉が開き、吉川が出迎えてくれた。

「お帰りなさいませ、旦那様」

「ただいま」

「お疲れさまです」

足取り重く階段を上がっていく秀人のあとを、吉川がついてくる。明日は月曜日だし、こんな日はさっさとシャワーを浴びて寝てしまいたいところだが、そうはいかない。吉川もそのつもりでついてきているのだろう。

秀人は自分の部屋ではなく、書斎に足を向けた。父親から受け継いだのは家督と企業グループだけでなく、書斎もだった。秀人は自宅にいるとき、ほとんどの時間をこの書斎で過ごす。祖父の代から受け継がれている重厚なデスクの上にはパソコンが置かれ、秀人は秘書とやりとりしたり世界経済の動向をチェックしたりする。壁際には父が設《しつら》えたバーカウンターがあり、秀人はほぼ毎晩、酒を飲む。もちろん時間があれば本を読む。

この書斎を受け継いで以来、子供のころから使っていた自分の部屋は、ほとんど寝室としての意味合いしかなくなっている。本を保護するために窓が最小限しかない書斎は、穴蔵のようで妙に落ち着くのだ。

秀人のあとについて吉川も書斎に入る。ドアを閉めた吉川は、さっそく口を開いた。

「加納春己様のことですが」

「うん、どうだった？」

スーツの上着を脱ぎ、それを吉川に渡す。ネクタイを緩めながら、とりあえずデスクに座った。パソコンの電源を入れる。時間を問わず秘書からのメールが入っているかどうか確認するのは、もう習慣になっていた。緊急性が高いときは電話をかけてくることになっているが、翌日のスケジュール変更などはメールで知らせてくるのだ。

視界の隅にチェス盤が入る。これも父から受け継いだものだ。サイドデスクに置かれたチェス盤はアンティークらしく、駒のひとつひとつの造形が美しい。黒と白の石で作られた駒は、ゲーム開始を待つように整然と並べられている。

父親の手ほどきを受けて秀人もチェスを嗜むが、いまのところ対戦相手がいなかった。吉川に頼めば相手になってくれるだろうが、仏頂面が義務的にゲームをしてくれても楽しくないだろう。

「もうすぐ十九歳にしては純粋な青年とお見受けします。章人様とずいぶん話が弾んでおられました」

「そうか……。章人が気に入って、吉川も合格点を出したのなら、ここに置いておいてもいいか？どうせ期間限定だ。章人の登校が再開されるまでだし」

「ひとつ、疑問があります」

「なんだ？」

「あの青年は、本当に加納家のご子息でしょうか」

吉川の疑問に、秀人はあたりまえだと答えようとして口をつぐんだ。

「………どうしてそう思った？」

「加納家は波多野家ほどではありませんが、そこそこの歴史がある家です。そこで育ったにしては、いささか庶民的ではないかと」

今日一日、あの青年を観察していた吉川がそう言うのだから、本当にそう感じたのだろう。加納の息子だというからとくに調べなかったが、やはりすこし探ってみた方がいいかもしれない。

「わかった。調べさせよう」

吉川は無言で頭を下げた。

「調査結果が出るまでは、引き続きおまえが監視してくれ」

「はい、かしこまりました。あまり心配はないような気もしますが」

「彼の正体に不審な点があるのに、なにも心配していないのか？」

「人に害をなす人間ではないと思います」

「…………」

ではいったいどんな人物なのかと、秀人は首を傾《かし》げた。

「いまからお会いになりますか？」

「いまから？　もう遅いぞ」

腕時計で時間を確認すると、午後十時を回っている。

「遅いですが、まだ起きているでしょう。子供ではないんですから」

「ああ、そうか」

秀人にはいまだに抜けない癖がある。五年前、中学生になったばかりの章人を残して両親が別宅へ移ってしまったとき、自分が保護者として弟の教育をしっかり果たさなければと気合いを入れた。成長期なのだから夜更かしはもってのほかと、弟の就寝時間にはうるさかったのだ。さすがに高校生になってからは、あまり口うるさく言わないようにして自主性に任せている。ただの過保護で過干渉の兄になってしまっていたことに気づいたからだ。

「春己様からも頼まれていました。旦那様にお会いして話がしたいので伝えてほしいと」

「そうか。だったら呼んでくれ」

「かしこまりました」

吉川が出ていくと、秀人はバーカウンターに立った。洋酒と日本酒、さまざまな瓶が並べられている。酒豪ではないが、飲むのは好きだ。とくにウイスキーが好きで、世界中のものが集められていた。

バカラのグラスを取り出し、日本メーカーのものを選んで注ぐ。ストレートでゆっくり味わうのが秀人の飲み方だ。グラスを手にソファに座ったところで、吉川が春己を連れてきた。

「旦那様、春己様をお連れしました」

春己を見て、秀人はうっかりグラスを膝に落とすところだった。

「あの、お疲れのところ、すみません」

おずおずと入ってきた春己は風呂上がりらしく、純白のシルクのパジャマを着ていた。白い頰をかすかに桃色に染めて、髪は半分湿っている。パジャマのサイズが大きめなのか、袖から指先がちらりとしか出ておらず、ズボンにいたっては裾を引きずっている。スリッパで踏んでしまいそうだった。

十九歳にしては――という吉川のさっきの言葉が思い出された。スリッパでぽてぽてと歩いてくる春己は、見た目は下手をすると章人よりも子供っぽく見えるのだが、そこはかとない色気が漂っていた。照れたような上目遣いが、わざとでなければ——いや、わざとだとしても、その拙さが逆に効果的だと思える。

春己が男だとわかっていても、なぜだかドギマギしてしまう秀人だ。いったいこの印象をどう言葉で説明したらいいのだろうか。不可解な生き物がやってきた、というところか。

春己からぎくしゃくと視線を外し、秀人はグラスの中身をぐいっと飲んだ。喉を焼けるような刺激が通り過ぎていき、すこし自分を取り戻す。視線を感じて吉川を見遣れば、口元が微妙に歪《ゆが》んでいた。付き合いが長いので秀人にはその表情が意味するところがわかる。笑いをこらえているのだ。秀人が春己に動揺しているのがおかしいのだろう。

「吉川、ありがとう。もういい。おまえは休んでくれ」

「………………おやすみなさいませ」

吉川はなにか言いかけたが、頭を下げて部屋を出ていった。明日の朝、なにを言われるのかと思うと苦虫を嚙《か》み潰したような顔になってしまう。有能であるがゆえに聡《さと》い吉川は、ささいな変化を見逃すことはない。そして主《あるじ》の隙を突いて楽しむという悪趣味の持ち主だ。波多野家の全権を任せている吉川を怒らせたり、ましてや解雇することなどできないという秀人の弱みにつけこんで、わりと意地悪く地味にからかってきたりするので厄介だ。

「加納君、こんな時間になってすまない」

気を取り直して、秀人は自分の正面のソファに座るよう促した。春己はぽてぽてと歩いてきて、ちょこんと座った。濡れた瞳でじっと正面から見つめられ、なんとも表現できない居心地の悪さに包まれる。

「あの、僕のことは春己と呼んでください」

うっと言葉に詰まり、秀人は先制攻撃をくらった気分になった。だが日頃から感情を表には出さないようにしているので、顔に出ることはなかった。吉川になら勘づかれるだろうが、春己は気づかなかったようだ。

「名字で呼ばれるのは、ちょっと堅苦しく感じるので……」

「ああ、そうだな……。じゃあ、春己君でいいか」

「ありがとうございます」

ニコッと春己は微笑み、また照れたように頬を染めて目を伏せる。長いまつげが影をつくり、ぶわっと色気が増したような錯覚を覚えた。グラスを持つ手が汗ばんでくる。波多野秀人ともあろう男が、緊張していた。

「それで、あの……僕はなんと呼べばいいですか？」

質問の意味がにわかにはわからなかった。もう何年も、秀人は外では「社長」と呼ばれ、自宅では吉川を含む使用人からは「旦那様」、章人からは「兄さん」、両親からは当然「秀人」と呼び捨てにされている。それ以外に関わり合う人間がほとんどいなかった。

もちろん、現在恋人と呼べる相手など皆無で、最後にセックスしたのはもう八年も前になる。大学卒業と同時に別れた恋人は後輩だったので「先輩」と呼んでいた。

秀人が答えないからか、春己はもじもじしながらこう言った。

「あの、秀人さん……って呼んで、いいですか？」

柔らかな声がふうっと吐息のように秀人の体に染みこんでくるようだった。しばらくグラスを持ったままぼんやりしてしまう。

「……いけませんでしたか？」

悲しそうな声で訊ねられ、秀人はハッと我に返った。

「いや、いけなくはない。いいよ」

「そうですか！　ありがとうございます。嬉しいです。じゃあ、秀人さん、で」

にこにこと満面の笑みになっている春己につられるように、秀人も微笑んだ。またもやハッとして笑顔を引っこめる。気を取り直して居住まいを正した。

「しばらくここに滞在してもらうことになるが、いまのところなにか不自由はないか？」

「大丈夫です。吉川さんがとてもよくしてくださいますし、章人君とはいい友達になれそうです。アフタヌーンティーがとても美味しかったです。もちろん夕食も素晴らしかったです」

春己が幸せそうに微笑みながら声を弾ませる。たしかに加納家で育てられたにしては庶民的かもしれない。今日はごく日常的なメニューだったはずだ。なにかの記念日ではない限り、そんなに豪華なフルコースなど用意はしない。たとえ生活が裕福だとしても、贅沢《ぜいたく》は慎むべきだ。波多野家の家訓でもある。

「我が家のシェフの味を気に入ってもらえたみたいだな」

「はい、どんな方なのか知りたくて、吉川さんに頼みました。明日、会わせてもらえることになっています」

それはまたシェフが喜びそうなことだと、秀人は笑顔を保ちながらも、春己を疑う気持ちが芽生えた。春己は一時的な滞在の予定だが、家人に気に入られてそれを延長させ、波多野家に食いこむつもりなのかもしれないと。

無邪気なふりをして腹に一物あったとしても、そのうち尻尾を出すだろう。吉川の目はごまかせない。秀人とて同様だ。さっきは思いがけない春己の様子に戸惑ってしまったが、そう簡単には心を動かされない方なのだ。

他人をなかなか信用できない自分が、一番信用できないのではないかと思うこともあるが、大企業のトップであり、由緒ある波多野家の当主である以上、それは仕方のないことだった。

「あ、もうこんな時間だ」

春己が慌てて席を立つので時計を見たら、まだ十五分ほどしかたっていない。

「まだそんなに時間はたっていないが？」

「最初から十分ていどと思っていたので。だって、お疲れですよね？」

春己は労わるような笑みを見せて、ぺこりと頭を下げた。

「お邪魔してすみませんでした。お話できて嬉しかったです。おやすみなさい」

「あ、ああ、おやすみ」

ぱたぱたとスリッパを鳴らしてドアへと向かう春己を目で追う。ドアを開け、体を外に出し、ドアを閉じるまでを、秀人はじっと見つめていた。なぜ、動きがいちいち小動物めいているのかと不審に思いながら。

一人になってから、秀人は持ったままだったグラスをテーブルに置いた。明日のためにシャワーを浴びて寝なければならないのだが、なんだか動きたくなくてぼうっとする。

体の奥底に沈殿していた今日の疲れが、いつの間にか消えてなくなっていることに気づいたのは、もうすこし時間がたってからだった。


翌日から、春己は章人とほとんどの時間をともに過ごすことになった。

朝食の席で吉川に一日のスケジュールを告げられ、その大部分が章人と一緒だったのだ。三度の食事と午後のお茶は当然で、家庭教師が来るときも机を並べて読書をするようにと言われた。章人は午前と午後に一度ずつ庭を散歩する時間が設けられているが、車椅子を押す担当は春己だ。

章人のことは好きになっていたので別に構わないが、この調子で毎日を過ごすことになると、まるで春己は章人のために波多野家に来たようだ。平日の昼間に仕事で忙しい秀人に会うことができないのはわかっているが、ではそのぶん土日か夜に話ができるよう、配慮されているのだろうか。

「本日は数学と英語の教師が来る予定になっています。春己様は旦那様の書斎からお好きな書籍を選んでください。何冊でも構いません。ジャンルも特に指定しません。旦那様の了承は得ています。旦那様が不在時に書斎に入りたい場合は、私に言ってください」

「………わかりました」

とりあえず、吉川の指示に従おうと、春己は頷いた。

「あの、秀人さんはもう出社されたんですか？」

「……三十分ほど前に」

「そうですか」

仕事に行く秀人を見送りたかった。春己はしゅんと肩を落とす。現在の時刻は午前八時だ。三十分も前に出たということは、秀人は何時に起床したのだろう。もっと早く起きなければいけなかった。

今朝は吉川に起こされるまで寝ていた。昨夜、秀人と十五分だけでも会話ができたことが嬉しくて、興奮してなかなか眠れなかったせいだ。明日は目覚まし時計をしっかりかけて、三十分早く起きよう。

秘かに決意している春己を、テーブルの向かい側で食後のコーヒーを飲んでいる章人がじっと見つめていた。視線に気づき、春己は「なに？」と問いかける。章人は柔らかく微笑んだ。

「春己さんは、いつから兄さんのことを名前で呼ぶことになったの？」

「えっ………と、その、昨日の夜から、だけど。どう呼んだらいいのかわからなかったから、本人に直接聞いて――」

「へぇー」

章人はちょっと目を見開いて、吉川を振り返る。吉川は表情を変えることなく、「そのようです」と答えた。

朝食のあと、章人と二人で庭を散歩した。きれいに刈りこまれた庭木のあいだにレンガで小道が造られていて、車椅子でも難なく散策することができる。さまざまな種類のバラが咲き乱れるさまは、この世に楽園があったんだと思うほどに美しかった。

庭のところどころでは庭師が仕事をしていて、章人は親しげに声をかける。ついでに春己を庭師たちに紹介してくれた。

個人宅にしては広い庭は、ぐるりと回るだけで数十分かかる。庭師と立ち話をしながら、さらに章人から子供のころに庭でどんな遊びをして叱られたかという話を聞いていたら時間を忘れるくらいに楽しかった。

「秀人さんとは遊ばなかったの？」

「うーん、十三歳も離れているからね。僕が五歳のとき、兄さんはすでに十八歳だよ。ほとんど二人目の父さんって感じで、一緒に遊んだ覚えはない。でも怒られた記憶もないんだ。兄さんはいつも優しかった。小学校に上がるまで寝る前には絵本を読んでくれたし、日曜日には博物館に連れて行ってもらったこともある」

「いいなぁ…」

秀人にそんなに可愛がられた章人が単純に羨ましい。兄弟の触れあいも、一人っ子の春己にはなかった。

「僕は一人っ子だったから、そういうのに憧れる」

「一人っ子なんだ……。でも兄さんも、僕が生まれるまでは一人っ子だったんだよ」

「ああ、そうだね。十三歳まで」

十三歳当時の秀人というのが想像できない。中学生時代、秀人はどんな感じだったのだろうか。知りたくて、うずうずする。

「……あの、昔のアルバムとか、見せてもらうことはできないかな……？」

「いいよ」

あっさりと章人が頷いてくれて、春己は小躍りしたいくらいに嬉しい。ぐっとこらえたけれど。

「これから午前中の勉強の時間だから、そうだな……午後のお茶の時間に見せてあげる」

「ありがとう」

春己は心からお礼を言って、せめてもと、丁寧に車椅子を押した。

その後、吉川に頼んで秀人の書斎に入れてもらい、本を選んだ。壁一面の書棚にはさまざまなジャンルの本がおさまっていて驚いた。経済の専門書から世界中の宗教に関する解説書、有名な児童文学もあれば、いま流行《はや》りのミステリーまで並んでいる。

「これ、全部、秀人さんは読んだんですか？」

「最近はお忙しくてなかなか読書の時間が取れないようですが、学生時代までは本がお好きで、興味を抱いたものはなんでも手に取ってみる主義だったようです。このあたりの児童書は、旦那様が子供時代に読まれたものですね。ここはもともと大旦那様がお使いになっていましたから、旦那様が読み終わったものを蔵書に加えたのかもしれません」

では、この書棚から秀人の生い立ちが見えるということか。背表紙を見ているだけでワクワクしてくる。だがいつまでも眺めているわけにもいかず、春己は一冊の本を抜き取った。

すこし古いものだが、アメリカ出身の男性の世界旅行記だ。当時の写真がたくさん収録されている。春己は海外旅行の経験がないので、こうした旅のエッセイ本を読むのが好きだった。いつかお金を貯めて、両親とともに海外旅行に行くのが夢だったのだ。

「それでよろしいですか？」

「はい。読み終わったら、また別の本を選ばせてもらっていいですか？」

「もちろんです」

借りた本を大切に胸に抱えて、春己は章人が待つ部屋へと向かった。

翌朝、意気消沈した春己は朝食がなかなか喉を通らなかった。

「春己さん、具合でも悪いの？」

心配して章人が声をかけてくれたが、体調が悪いわけではないので、春己は「悪くない、大丈夫」としか答えられない。

今朝、頑張って昨日よりも三十分早く起きたのだが、なんと秀人はもう出かけたあとだった。顔を見たかったのに。「行ってらっしゃい」と言いたかったのに。

昨夜は会えなかった。秀人の帰りが遅かったことと、春己が起きていられずに眠ってしまったせいだった。章人と一日中一緒にいて、慣れない環境に疲れてしまった。章人は嫌いではないし、苦痛でもなかったけれど、環境の変化にまだ体が慣れていなかったせいだろう。

朝になって目が覚めてから、いつのまにか寝ていたことに気づいた。だが昨日より三十分早く起きられたことに喜んだ。ところが、急いで着替えて部屋を出た春己は、吉川に秀人はもう出かけたと聞いてショックを受けた。こんなに早く家を出る大企業の社長なんているのだろうかと、思わず会社を非難しそうになった。秀人は筆頭株主でもあり、その会社自体、秀人のものなのに。

結局、昨日は秀人に一目も会えなかった。ひとつ屋根の下——という規模ではないが、おなじ屋敷の中で寝起きしているのに、とても残念だ。

午後のお茶の時間に、約束通り章人から昔のアルバムを見せてもらって、秀人の学生時代の姿に胸を躍らせた。いまよりも線が細い十代の秀人は、凛《りん》としていて王子様のようで、ドキドキするくらいに素敵だった。こんな人がおなじ学校にいたら、春己はきっと勉強が手につかないくらい夢中になっていただろう。

章人にいろいろなエピソードも聞かせてもらった。遊びに連れて行ってもらったことから、逆らって怒らせて口をきいてくれなくなったこと。そのときは結局、吉川が仲裁してくれて、兄弟は和解したこと。得意な科目は数学と科学、物理。不得意な科目は芸術系全般。どうやら絵が下手らしい。そして音痴らしい。秀人は完璧だと思いこんでいた春己には衝撃だった。

「僕がまだ幼稚園児だったころ、兄さんが子守唄をうたってくれたことがあって」

章人はくくくと笑いながら話してくれた。

「最初、音痴すぎてなんの歌かわからなかったくらいなんだ。いったいなんの歌だ？　って、気になって、なかなか眠れなかったんだよ」

それは大変に貴重な話だと、春己は身を乗り出して耳を傾けた。とても充実したアフタヌーンティータイムだった。

秀人の存在がよりいっそう身近に感じられたあとだっただけに、会えなかったがっかり感はおおきい。ついついため息がこぼれてしまう。

「えーと、春己さん、今日もアルバムを見る？」

章人の提案に、春己は瞬時に反応した。生気をなくしていた春己が目をキラキラと輝かせて振り向いたので、章人はちょっと引いている。

「見る。見たい」

「じゃあ、そうしよう。吉川、お願いね」

「かしこまりました。何冊か用意いたします」

吉川が頷いてくれたということは、絶対に見せてもらえるということだ。これで午後のお茶の時間までの楽しみができた。春己は気を取り直して、冷めかけた朝食にとりかかる。

「春己様、お取り替えしましょうか？」

スクランブルエッグとウインナーが乗ったプレートを、吉川が下げようとする。調理したてのあたたかいものを食べさせようという気遣いはわかるが、のろのろしていたのは春己のせいであって、食べ物に責任はない。

「いえ、いいです。もったいないですから、このまま食べます」

春己は恐縮しながら、きれいにすべてを食べきった。ごちそうさまをしてから、章人の車椅子を押して庭の散歩に出かける。波多野家滞在三日目も、そうして昨日と同じようにはじまった。

章人の勉強時間に読書をして、一緒に食事をとり、お茶の時間にはまたアルバムを見せてもらった。さすが波多野家はスナップ写真まですべてプロに依頼して撮影させているらしく、どの写真も被写体の表情がきれいで、ピントがぶれているものもない。少年・秀人の凛々《りり》しい横顔だとか、まだ細いながらもすらりと長い手足のしなやかさに、春己は見惚《みと》れた。

できれば秀人の写真を一枚でもいいからほしいと思ったが、そんな図々しいことは言えない。目に焼きつけるようにしてじっと見つめるだけに留めた。

「ねえ、そのうち春己さんのアルバムも見せてよ」

章人の頼みに、春己はふと顔を上げた。親しくなってくれば章人もこんなふうに春己の昔の写真を見てみたいと思うのは当然だろう。

「いいよ。家にあるから、こんど送ってもらうか届けてもらうかするね」

「楽しみだな」

一人暮らしをしていたアパートから持ってきたのは、両親のお骨と位牌と思い出のアルバムだ。春己が生まれたばかりのころからの写真の記録は、全部で十冊くらいはあっただろうか。いまはいない両親との幸せな生活が写っている。たしか、最後の写真は去年の夏休みだ。春己は受験生なので家族旅行は控え、日帰りでドライブに行った。途中の道の駅で天然氷でつくったかき氷を食べて、地元の野菜をたくさん買って帰った。うっかり長ネギを買ってしまい、帰りの車の中がかなり匂って辟易《へきえき》したことをよく覚えている。楽しかった――。

もう、あの家族団らんは二度と戻ってこない。そう思うと、急激に悲しみがよみがえってきた。加納家に入ってからなにかと忙しくて、またここ数日は慌ただしくて、両親のことをほとんど思い出さなかった。寂しさと悲しみを忘れていた。こんなふうに胸が引き絞られるような寂寥《せきりょう》感に苛まれると、喪失の傷がまだ癒《い》えていないんだなと実感する。

「どうしたの、春己さん？」

心配げに顔を覗きこまれ、春己は微笑みを浮かべた。多少ぎこちない笑みだったかもしれないが、春己は両親のことを頭から追い出そうと努力した。目の前にある秀人の写真に集中すれば、冷えそうになっていた心があたたかく復活してくるのがわかる。

「ちょっと、昔のことを思い出していただけ。大丈夫、なんでもないから」

「そう?」

章人は納得できていない感じだったが、春己がなにも言わないのでそれ以上つっこんではこなかった。そういえば——と重要なことに思い至った。章人は春己が加納家の養子だとは知らないはず。春己の本当の両親がすでに亡くなっていると知ったら、きっと心を痛めるだろう。ここは黙っておいたほうがいいのだろうか。

アルバムのこともあるし、加納に電話をして相談しようと、春己は思った。

夜になってから自分の携帯端末を使って加納に電話をした。

「もしもし、春己です」

『ああ、春己君、元気かい?』

「元気です。それで、相談があるんですけど。両親のことで……」

『ちょっと待ってくれないか。そういう話題なら、メールにしたい』

「えっ……」

『通話は切るよ』

そう言って、加納は一方的に通話を切ってしまった。春己はしばし茫然としたが、手の中で携帯端末が震え、メールの受信を伝えてきたので我に返った。もしかしたら加納はいま電話で話せる環境にはいないのかもしれない。話ができる状況なのか、春己の方が聞かなければならなかった。

『両親のことで相談とは？』

と加納が訊ねてきたので、春己は章人と仲良くなって、家族の写真を見たいと言われたのだが、と返信した。

『ご両親のことは、言わない方がいいと思う』

加納の返事は短かった。春己はがっかりしつつも、現在の保護者である加納の言葉には従うしかないなと思う。

両親の事故死から何年もたっているのならいざしらず、まだほんの九カ月ほど前のことだ。生々しすぎると春己も思うから、章人には話さないことにした。

アルバムはどうしよう。約束してしまったのに、いまさら紛失したと嘘をつくのは不自然だし……と悩みを文章にすると、加納はひとつの提案をしてくれた。

『卒業アルバムならご両親は写っていないだろう？』

なるほど、それはいい案だと、加納に小学校と中学校、高校の卒業アルバムをこちらに届けてもらえるように頼んだ。それからすこし近況報告をして、メールでの会話を終えようとしたら加納から秀人の様子を窺う内容の文章が届く。

『波多野秀人には会えただろうか』

会えたけれど、ほんの数分だったと答えると『もっと積極的に近づいて、親しくなりなさい』と返される。

『君が選ばれたといってもライバルは山ほどいる。安穏としていてはダメだ』

これは激励なのだろうか、それとものんびりしている春己を叱っているのだろうか——。どちらにしろ、春己が秀人に受け入れられなければ、加納の仕事にも影響するらしいので、頑張らなければならない。会えて嬉しい、と浮かれてばかりではいけないのだ。

『わかりました。もっと会えるように時間を取ってもらえないか、頼んでみます』

そう意気込みを言葉にして送信し、メールを終えた。

「さて、今夜の秀人さんは何時に帰ってくるのかな」

入浴を済ませて就寝の準備が整っているが、一目でいいから秀人に会いたい春己はまだ寝ないつもりだ。加納にも宣言してしまったし、ここは頑張りどころだろう。

ベッドに腰掛けて、読みかけの旅行記を手にする。著者は三十年ほど前のアジアを渡り歩いていて、現地の人々との交流が面白い。春己もいつかどこかへ行ってみたいと思っているが、具体的にどこという夢はなかった。よく知らないので具体的な想像ができないとも言う。

これから——もし、このまま秀人に気に入られて波多野家で暮らすことになったとしたら……いつか秀人と出かけられるだろうか。南の島の透明な海や、乾いた砂漠に沈む夕日を、秀人と一緒に眺めることができたら、どんなに幸せだろう。

「ふふ……」

想像だけで照れてしまい、春己は本に顔を埋めた。幸せな未来、あたらしい家族、きっと道の先は明るい。明るくあってほしいと、心から願った。

ふぁ、とあくびが出る。眠い目を擦《こす》って、本に集中しようとするが、なかなか難しくなってきた。昨日よりもいくぶんましだが、一日中あれこれと気を遣っていた健康な体は適度に疲れていて睡眠を求めている。

「ダメ、起きてる。寝たらダメ。秀人さんに会うんだ」

自分に言い聞かせるが、いつしかベッドの上で大の字になり、本を胸に抱えるようにして寝入ってしまっていた。

「実子ではない？」

「はい、そのようです」

吉川から渡された加納春己に関する調査書類をめくり、秀人は驚きの声を上げた。読みやすいよう

に箇条書きにされた春己の生育記録に目を通す。

年齢と生年月日は写真に添えられていた釣り書きとおなじで偽りはないようだったが、春己は加納の子供ではなかった。春己の両親は昨年の秋、交通事故で亡くなっている。加納の妻の祖父と春己の母親の祖父が兄弟だったという、ほぼ血の繋がりなどないような遠縁で、加納自身と春己はまったくの他人だ。加納夫妻に子供はいない。

「四月から加納家に引き取られています。どこの大学にも籍を置いていません。それ以前は、いわゆる、フリーターだったようですね。安アパートで一人暮らしをしていました」

調査会社は優秀なようだ。かつて住んでいたというアパートの外観写真も添えられている。昭和の雰囲気が漂う、いまどき映画やドラマでしか見たことがないような物件だった。

秀人は、あてがってある客室のひとつでいまごろは眠っているだろう、あの優しげな顔立ちの青年を思い浮かべる。

高校在学中に両親を事故で亡くすという辛い目にあったとは思えないほど、春己は優しい笑顔を浮かべる。いや、痛みを知っているからこそ、しっかりとした笑顔でいられるのだろうか。

「……身寄りがなくて生活に困っている遠縁の未成年を、加納が引き取ったということか？」

「表向きはそうでしょうね」

吉川は「失礼します」とことわってからデスクの上に書類を広げている秀人に近づき、春己が引き取られた日付を指差した。

「旦那様がカミングアウトをしでかした、二週間後です」

「……なるほど」

ゲイだから女性とは結婚しないとぶちかましたあとの数日は、せいせいするほど身辺が静かだった。騒がしくなった――というか、元に戻ったのは一週間くらいたってから。ショックから立ち直った輩が、こんどは男性の見合い写真を持ちこんできて騒がしくなった。つまり、加納もそれを狙ったということか。

「旦那様と釣り合いが取れそうな女性が身近にいなかったかどうかわかりませんが、加納は縁談攻勢には乗り遅れていました。だから今回は急いだのではないでしょうか。そもそも、女性となら旦那様は正式に結婚できますが、男性とはそうもいかない。身元のしっかりした口の堅い、そこそこ容姿の整った男性であれば――言い方は悪いですが、貢ぎ物として十分だと考えたとしたら……」

吉川の見解は説得力がある。

「つまり、自分の息がかかった男が私の寝室に入りこめるような事態になったら、加納としては大成功というわけだ。目立たない役員の一人にすぎなかった加納にとって、頭ひとつ抜きん出るいいチャンスだから」

「その通りです」

ちょっと調べれば春己が加納の実子ではないことくらいわかる。だが加納にとっては、それでもよかったのだろう。春己が加納の身内だという事実さえはっきりしていれば、秀人といまよりずっと濃い繋がりを持ちたいという望みは叶えられるからだ。

「だが、私は章人の話し相手として期間限定でこの屋敷に来てもらいたいと加納に伝えたはずだ」

「カミングアウトした旦那様がいくらそう言っても、表向きの理由だと解釈されてしまった可能性はありますね」

吉川はフッと小馬鹿にしたような目で秀人を見てきた。使用人のくせにと腹立たしい感じがしたが、これはもう自業自得なので言い返せない。

「どうなさいますか」

「どう……とは、なにが？」

吉川がなにについて質問してきたのかわからなくて首を傾げる。

「彼は加納に言い含められているかもしれません。旦那様に求められたら従うようにと」

「えっ？」

何事にもほとんど動じない秀人だが、さすがに驚いてしまった。

「加納家に引き取られたあと、彼は両親の墓を立てています。おそらく加納に立ててもらったのでしょう。かなり立派なものです。恩を売って、意のままに操ろうとしているとしたら、ありえる話です。そもそも、そのために加納は自宅に住まわせて養育したのではないですか？」

「……そうか。ありえることだな」

「いまのところ章人様の話し相手としては順調です。今後、秀人様に近づこうとした場合、どうなさいますか。期限を待たずに加納家に帰しますか？　それとも、やんわりとかわしつつ、期限までこの屋敷に置いておきますか？」

質問の内容を、具体的かつ嚙み砕いて吉川が言葉にしてくれた。五つしか年上でないのに子供扱いだ。面白くないが、そんなところに構っていると話が進まない。

春己はおそらく、吉川の推理通りの思惑があって、加納の手によって送りこまれてきたのだろう。まんまとその手には乗らない――というか、秀人はゲイではないので、春己を寝室に連れこむ予定はない。あくまでも章人の話し相手として来てもらったのだ。ここでもし、春己を加納家に帰したらどうなるのだろうか。

「途中にしろ期限までにしろ、春己君が私に取り入ることができなかった場合、加納は戻ってきたあの子をどうすると思う？」

秀人の中にひとつの結末が浮かんでいるが、吉川の意見も聞きたい。視線を交わした聡明な執事は、言葉を濁すことなく見解を述べた。

「用済みになった駒をいつまでも家で飼っておくほど、加納は情に厚い男ではないように思います」

「………だろうな」

意見が一致した。秀人はひとつ息をついて、調査報告書を眺める。

「とりあえず、期限いっぱいはここに置いておこう」

「かしこまりました」

吉川は丁寧に頭を下げて書斎を出ていく。ドアが閉じられてから、秀人はもう一度、春己について書かれた書類をゆっくりと読んだ。まだ二度しか会っていないが、吉川が合格の判定を出したほどの子だ。きっといい子なのだろう。両親の育て方がよかったにちがいない。

「しかし、加納め……」

とんでもない仕込みをしたものだ。春己の経歴を知った波多野家が、そうおいそれと春己を放逐できないだろうと読んでいたとしたら、かなりの腹黒さだ。

波多野家は元華族であり、いまでも大企業の中核を担っている家でもある。世間から見たら高慢ちきな特権階級一族が富をほしいままにして権威をふりかざしているように見えるかもしれないが、実際には社員と関連企業のために粉骨砕身で働いている。秀人自身、驕《おご》るな偉ぶるな社会のために働けと教育を受けてきた。加納家から見放されたら社会的弱者になってしまうであろう未成年を、そうとわかっていて放逐することなどできない。本人に非がなければなおさらだ。

しかも、秀人には章人という溺愛する弟がいる。春己は章人と二つしか年が違わないのだ。どう見ても、庇護《ひご》すべき弟とおなじカテゴリーに属するとしか思えない春己を、波多野家としても放ってはおけない。

春己は自分が置かれた状況の危うさを理解しているのだろうか。加納家に見捨てられたら、春己に待っているのは一人きりの孤独な生活だ。そしてそれは絶対に経済的に苦しいだろう。だれかが援助しない限り、学歴も経験もない未成年が、いったいどれほどの生活ができるというのか。

かといって、ゲイでもないのに春己を伴侶とするわけにもいかない。

秀人は初日の夜にパジャマ姿で現れた春己を思い出す。そこはかとなく漂う色気は、もしかしたら秀人を誘惑するつもりだったからかもしれない。たしかにドキッとしたし、見つめているとなんだか変な気分になりそうなそうでないような——。

「なにを考えているんだ、私は」

秀人は慌てて危険な思考を頭から追い出した。

いやでも、春己はゲイなのだろうか。秀人の相手になるつもりで来たのなら、ゲイである可能性は高い。もしかして経験豊富なのだろうか。あんなふうに無垢《むく》であどけない笑顔を向けてくる春己が、百戦錬磨だったら、なんだかショックだ。もうすぐ十九歳になる男なのだから、経験があってもおかしくないのはわかるが、あの青年は、できれば清い体であってほしいと変な願望を抱いてしまう。

「……本当に、私はなにを考えているんだろうか……」

秀人は自分がわからなくなって、両手で頭を抱えた。しばしそのままの姿勢で「もう考えるな」と念仏のように唱え、自分自身に言い聞かせる。

「よし」

思考を切り替えて立ち上がり、調査報告書を引き出しに片付けると書斎を出た。隣の自分の部屋に入る。明日から三日間の予定で出張だ。荷作りはいつも自分でやるようにしている。クローゼットから小型のスーツケースを取り出し、三日分の着替えを詰めた。出張は頻繁にあるので手慣れたものだ。

三日間、春己の顔を見ないことになる。いいタイミングで距離を置くことができそうだと、秀人は後ろ向きなことを考えた。これ以上、春己のことばかりに思考を支配されていてはよくないように思うからだ。

秀人は自覚がないままに危機感を覚えていた。今日は帰宅してから章人のことをほとんど思い出していない。頭の中は、まだ二回しか顔を合わせていない春己のことでいっぱいになっていたのだった。


朝になってから、春己は秀人が早朝から出張に出かけていったと聞いて愕然とした。

今朝も見送りができず、今夜は絶対に捕まえて話がしたいという決意のもとに吉川に帰宅時間を訊ねたら、そんな答えが返ってきたのだ。

「えっ……三日……？」

帰ってくるのは三日後――。初日以降、まったく顔を合わせないままに一週間近くがたってしまうわけだ。

「春己さん、兄さんはしょっちゅう出張に行っているから、全然珍しいことじゃないよ。それに三日なら短い方だし」

「そうです。とくにアクシデントがない限り、スケジュール通りにお帰りになります」

あまりにも春己が意気消沈したからか、章人と吉川が慌てたようにそう宥《なだ》めてくれる。

「……本当に、三日で帰ってきますか？」

「おそらく。ついでに観光ができるほど旦那様は暇ではありませんから」

吉川がきっぱりと言ってくれたので、春己は気を持ち直した。

「三日後の何時ごろに、秀人さんは帰ってきますか？」

「それは……詳しいことはわかりません。おそらく夜になるだろう、としか」

「じゃあ、お願いがあります。どんなに遅くなってもいいですから、秀人さんが帰ってきたら僕に知らせてください。一目でいいから会いたいです。もし僕が寝ていたら、叩き起こしてください」

春己の決意を感じたのか、吉川は約束してくれた。

「わかりました。お知らせします」

そんなやりとりをしていると、波多野家の門を警備している者から連絡があった。加納家から荷物が届けられたという。

「アルバムだと思います」

春己の言葉通り、届け物はアルバムだった。ただし、卒業アルバムだ。

「わあ、見たい！」

章人の希望で朝食後から勉強の時間まで、春己のアルバムを見ることになった。ちょうどそのタイミングで雨が降り出したため、午前中の散歩はできなくなった。春己の部屋に移って、お茶を飲みながら春己のアルバムを見る。小中高と三冊の卒業アルバムだ。

「家族のアルバムは？」

章人の当然の疑問に、春己はうまい言い訳を用意していなかった。

「えー……と、どこかにしまいこんでて、見つからなかったみたい……」

「そうなんだ。卒業アルバムだけ見つかったんだね？」

「うん……」

「春己さんって、ずっと公立の学校だったの？」

「あっ、うん、そう。近所の友達がみんな地元の学校に入ったから、僕も……」

春己のしどろもどろな説明に章人は不審感を抱かなかったようで、卒業アルバムをめくる。章人の卒業アルバムはまだ見せてもらっていないが、私立の学校だったなら装丁からして豪華そうだ。自分のアルバムとどのくらいの差があるのか見当もつかないが、章人はその点についてはなにも言わなかった。

波多野家の教育方針が具体的にどんなものかは知らないが、章人を見ていればなんとなくわかる。立派な歴史のある名家なのに驕ったところはなく公平で柔軟だ。春己の出身校が公立だろうと私立だろうと、おそらく章人の態度に変化はなかっただろう。

加納は波多野家の人たちのこうした素養を知っているのだろうか。たとえ春己が庶民育ちの養子だと知っても、秀人も章人も態度を変えないだろう。章人のなんの疑いも抱いていないと思われる横顔を見ていて、春己は心苦しさを覚えた。

素性について、加納はわざわざ余計なことを言わなくていいと、やんわりと春己に命じたけれど、本当にそれでいいのか——。秀人の伴侶として波多野家に来たのに、成育歴を偽るなんて、許されるのだろうか。言わないということは、嘘をつくこととおなじように思われる。

「……章人君」

「なに？」

「こんど、家族のアルバムを持ってくるよ」

「しまってある場所を思い出した？」

「うん、思い出した」

春己がにっこり微笑むと、章人も微笑んでくれる。

「あの……じつは、僕は加納家の養子なんだ」

「えっ、そうだったの？」

「それも、つい最近のことで、今年になってから」

章人が軽く目を見開いて驚いた。だがその表情には純粋な驚きがあるだけで、すぐに気遣わしげなものに変わった。

「なにか、あったの？」

よほどの事情があったのかと、章人はそっと訊ねてきた。春己は去年の秋からの出来事をかいつまんで話した。両親が事故で亡くなったこと、家を売って賠償金にあてたこと、なんとか高校だけは卒業したこと、就職が決まっていた会社が倒産したこと、困っていたところに加納が現れて引き取られたこと——。

すべて話してしまうと、春己は胸が軽くなった。自分に隠し事は似合わない。嘘なんて向いていない。すっきりした。

章人は全部聞いてから「大変だったね」と労ってくれた。

「加納さんにはとても感謝しているんだ。両親のお墓も立ててくれたし」

「そう……。僕は中学のときに兄と二人暮らしになったけれど、吉川もいたし、両親は健在だったからとくに寂しいことはなかった。大変なこともなかった。だから春己さんの境遇は想像することしかできないけど、僕だったらぺちゃんこに潰れていたかもしれない。身寄りがだれもいない状態になるなんて……」

「章人君にとって、秀人さんは二人目のお父さんみたいなものなんだね」

「年が離れているから、たぶん本人がそのつもりになっているんだと思う。ちょっと鬱陶しいけど」

「えっ、鬱陶しいの？」

まあね、と章人はため息をつく。春己が章人の立場だったら、あんなふうに最高に格好いい兄は自慢にこそなれ鬱陶しいだなんて絶対に思わないだろう。

「加納家は春己さんを留学させてくれるんだよね？　どこに行く予定なの？」

「留学？」

そんな話は聞いたことがなかったので、春己は首を傾げた。きょとんとした春己に、章人もおなじような表情になる。

「留学しないの?」

「そんな予定はないと思う。だって、留学って、自国の大学に在籍していて、それで海外の大学に期間限定で勉強に行くものなんじゃないの? 僕は高卒で大学には行っていないから……」

章人が唖然としたので、春己は言ってはいけなかったことだったかと戸惑った。波多野家のような由緒正しい名家の子息と交流するのに、学歴は重要なのかもしれない。だが高卒は高卒だ。嘘をつくことはできなかった。

「あの……両親が亡くなって、高校を卒業するので精一杯だったんだ。それまでは、進学を希望していたんだけど……」

いけなかったのかな、と呟くと、章人は「なにもいけなくはないよ」と微笑んでくれた。

「そうだよね、アルバイトして生活費を稼いでいたくらいなんだから、受験勉強なんてできなかっただろうし、学費も一人ではなかなか大変だよね」

「あ、うん、アルバイトしながら高校行くだけでも大変だったから、それ以上は無理で……。本当は高校も辞めてしまった方が楽だったんだけど、中退するなって担任が引きとめてくれて」

「いい先生だったんだね」

「そうだね、担任と、あとアルバイト先の社長がよくしてくれたから、無事に卒業できたようなものなんだ」

「力になってくれる人に出会えたのは、本当に運がよかったね」

「いまはこうして章人君とも友達になれたし、僕は本当に運がいいと思うよ」

「そうだね！」

春己は章人とぎゅうっと手を握りあった。微笑みながらぎゅうぎゅうと手を握りあっているところに吉川がお茶のおかわりを運んできて「なにをなさっているのですか」と眉間に皺を寄せられたので、よほど奇妙な光景に見えたのだろう。


三日間の出張を終えて波多野家に戻ってきた秀人は、書斎までついてきた吉川に留守中の話を聞いた。どんな緊急事態が起ころうと吉川なら過不足なく対応できると信頼しているが、いまは主に春己についての話を聞くためだ。どんな様子だったか聞いておく必要がある――というより、秀人が知っておきたかった。

三日間の出張はちょうどよいタイミングだと思ったのだが、効果があったとは言い難い。やはり夜になって気を抜くと、春己のパジャマ姿だとか伏し目がちに照れていた顔などが思い出されて、落ち着かない気分になっていた。

「加納家から卒業アルバムが届けられ、章人様と一緒に談笑されながら見ていました。どうやら章人様が見たいと希望して、わざわざ加納家から届けさせたようです」

「卒業アルバム？　いつのものだ？」

「小中高と三冊です」

「それは――」

私も見てみたい、という言葉を飲みこんだ。ちらりと吉川が胡乱《うろん》な目を向けてきたので、無表情を装う。

「その折に、春己様はご自分の出自を章人様に話されたようです」

「話したのか……。加納には口止めされていなかったということか？」

「それはわかりません。章人様はいたく同情されて、お二人の友情は深まったと思われます」

「……二人はうまくいっているんだな」

「はい、非常に」

自宅療養中の弟にあたらしい友達ができて喜ばしいことなのだが、秀人はなんだか胸がもやもやした。春己を山のような見合い写真の中から選んだのは自分なのに、章人が先に親しくなったのが納得できない……ような気が、しないでもない。

「それで、春己様が旦那様にお会いしたいそうです。いまからでもよろしいでしょうか？」

「いまから？　それは構わないが……」

またパジャマ姿で来るのだろうかと、秀人はにわかに落ち着かなくなった。

吉川が部屋を出ていき、数分もしないうちに春己を伴って戻ってくる。思った通り、パジャマ姿だった。白いシルクのパジャマは、あまりにも春己に似合いすぎている。湯上がりなのか、また白い頰を薄い桃色に染めて、春己はそっと書斎に入ってきた。

「お帰りなさい、秀人さん」

「あ、ああ、ただいま」

春己を置いて、吉川がドアから出ていこうとするのを、秀人はとっさに引き止めそうになった。春己と二人きりにしてほしくないと思ってしまったのだ。

「お疲れのところ、すみません。どうしても、秀人さんとお話がしたかったものですから……」

「いや、いいよ」

ソファに座るようにすすめると、春己は素直に腰を下ろした。テーブルを挟んで向かい合う。

「あの、ひとつお願いがあるんです」

春己が恐縮しながら言い出した。

「なんだ？」

「秀人さんがお忙しい方なのはよくわかっているつもりです。だから、ほんのすこしでいいので、これから夜に、こうして僕とお話をする時間を作ってほしいんです」

「話をする時間？」

「十分でも五分でもいいです。夜中でもいいです。秀人さんと言葉を交わしたいんです。そうしないと、親しくなれませんよね。僕のことをもっとよく知ってほしいし、僕も秀人さんのことを知りたいです。朝でも構いません。お仕事に行く前に、立ち話でもいいですから僕と関わる時間を作ってほしいんです。ダメですか？」

春己は真剣な目で懇願してきた。ここで拒否したら絶望してしまうんじゃないかと心配してしまうほどの切実さに、秀人は深く考える前に頷いていた。

「べつに構わないが……」

「そうですか。ありがとうございます！」

パアッと春己の表情が明るくなり、黒く濡れた瞳が生き生きと輝きを放つ。それはそれは劇的な変化で、思わず目を奪われた。

「朝か夜か、決めてください。どちらがいいでしょうか？」

「私は夜の方がいいが……。朝はそんなに余裕がない。何時になるかわからなくても君がいいのなら、帰宅後に書斎に来てくれれば」

「わかりました。そうします。嬉しいです」

春己はにこにこと笑顔を振りまいている。癒しのオーラでも放たれているのか、見ているこちらがなんだかほんわかした気分になるような笑みだった。

「じゃあ、また明日、ここにお邪魔しに来ます。おやすみなさい」

「ああ、おやすみ」

春己はすっくと立ち上がると頭を下げ、パタパタとスリッパを鳴らしながら書斎を出ていった。その後ろ姿をぼうっと見送ってから、秀人は我に返る。

「………これって、まずくないか……？」

勢いに押されて頷いてしまったが、春己は秀人の夜の相手になろうという野心を持っている人間なのだ。場所は、ベッドがある自室ではなく書斎だが、夜間に密室で二人きりという状況を許してしまった。

「朝にすればよかった、のか？」

そうだ、朝の方がいいかもしれない。余裕がないから長い時間が取れないし、吉川が近くにいれば二人きりにはならないだろう。いまから変更を告げるのは変だろうか。

秀人は腰を浮かしかけ、「それも変か……」と座り直す。

朝への変更を、春己は素直に受け入れるかもしれないが、そもそもゲイではない自分がそれほどまでに二人きりになることを恐れるのはおかしいように思う。章人の友達と接するようにすればいいのだ。

「そう、そうだ、あの子は弟の友達だ」

秀人は自分に言い聞かせている時点で心が揺らいでいることに思い至らなかった。

秀人が帰宅してからの十五分間が、春己にとっての至福の時となった。

ノックをして書斎に入ると、秀人はだいたいスーツの上着を脱いでネクタイを解き、バーカウンターでグラスに洋酒を注いでいる。その姿が大人の色気を感じさせて、ものすごく格好いいのだ。陶然と見つめてしまうほどに。

「お帰りなさい、秀人さん。お疲れさまです」

「ただいま」

グラス片手に振り返る秀人は、気だるげにカウンターに凭れている。ポージングをしているわけでもないのに決まっている秀人は、ずっと眺めていたいほど素敵だが、春己はスリッパをパタパタさせながら歩み寄る。コミュニケーションのために時間をもらっているのだ。眺めるだけなんてもったいない。

春己のために秀人はジンジャーエールをグラスに注いでくれた。未成年だからと、春己のためにノンアルコールのソフトドリンクを常備してくれるようになったのだ。

「どうぞ」

「ありがとうございます」

グラスを受け取って、秀人の前で立ったまままちょっと辛くて甘い炭酸飲料を口に含む。

春己の方はいつもパジャマ姿になってしまう。秀人の帰宅時間が一定ではなく、ときには午前零時を過ぎることもあったので、就寝の用意を先に済ませておかなければならないからだ。パジャマ姿で

――しかも着慣れないシルクのパジャマ一枚だけの格好で秀人の前に出ていくのはすこし恥ずかしいのだが、仕方がない。

加納家にいるときはごく普通の綿地のパジャマだったのに、どうして波多野家に運ばれた荷物の中にはシルクのパジャマだけしか入っていなかったのか不思議だ。加納が揃えてくれた着替えに文句は言えないので、そのまま使わせてもらっているが。

秀人が持つ美しいカッティングのグラスには、琥珀《こはく》色の液体が半分ほど入っている。春己は秀人が飲んでいる洋酒の瓶をちらりと見た。いつもとおなじ日本のメーカーのウイスキーだ。

「秀人さんは、このウイスキーが好きなんですか？　棚にはほかにもたくさん並んでいますけど」

「これが一番好きかな。気分によってはいろいろと飲むよ」

「いつもなにも摘まむことなく、飲むだけですよね……」

時刻は深夜になろうとしている。夕食をとっていたとしても胃はほぼ空ではないだろうか。空きっ腹にアルコールを入れるのは、たとえ少量でもよくないように思う。

春己の質問の意味がわかったのだろう、秀人は苦笑いした。

「まあ、なにか食べながら飲んだ方がいいだろうが、こんな時間に厨房《ちゅうぼう》の人間を働かせるわけにはいかないだろう？　自分でなにか用意してもいいが、きれいに片付けられた厨房を、私が汚してはまずい」

「それは……そうですね……」

秀人が使用人たちに気を遣っているのはわかった。だが春己は秀人の体が心配だ。なにかいい方法はないだろうか――。

「じゃあ、昨日の続きをしようか？」

「あ、はい、しましょう」

春己は深夜に似つかわしくない元気な返事をして、ソファへと移動する。

ローテーブルにはチェスボードが置かれていた。駒の位置は昨夜のままだ。だれも使わないまま部屋に置かれていたチェスが気になり、やってみたいと言い出したのは当然のことながら春己だ。亡くなった父親が将棋をやっていたので、春己は将棋ならできる。チェスはかなりルールが似ているので、ちょっと教えてもらえればできると思ったのだ。秀人はずっと対戦相手がいなかったそうで、春己の好奇心を面白がって受けとめてくれた。

「僕、すこし勉強しました」

「だれに教わったんだ？　吉川か？」

「いえ、ネットです。吉川さんに頼んでパソコンをお借りしました」

吉川はそうとうに強いらしいが、秀人が仕事をしているあいだに対秀人戦のコツを教えてもらうのはずるいような気がした。とりあえず独学でできるところまでやってみようと思ったのだ。

「じゃあ、ハンデなしで最初から対戦し直そうか？」

「えっ、それは待ってください。まだ無理です。絶対にダメです」

ハンデなしでは瞬殺されてしまいそうだ。対等で戦うのは、とうぶんのあいだ無理だと断言できる。

「ああ、もう、焦ったひょうしに戦略のいくつかが飛びました。いろいろと考えていたのに」

「それは悪かったな」

秀人は全然悪かったなんて思っていなさそうな澄ました顔でソファに座る。グラスの中で氷が涼しげな音を立てているのを、秀人はゆったりと聞いているような感じだ。春己はチェスの駒をじっと見つめて頭の中で戦い方を組み立てているというのに。

「さて、君からだ。どうぞ」

秀人が促してきたので、春己はちらりとチェストの上に置かれた時計を見遣る。一晩の対戦時間は十分ていどと決めている。秀人は決めなくていいと言ってくれたが、睡眠時間を削ってまでやるほどのことではない。目的はあくまでもコミュニケーションだ。

ただ、ゲームをはじめてみたら秀人の攻め方からちらちらと性格が覗いて見えて、なかなか有意義だった。正攻法でありながら、ときどき意表を突いたりして、面白い。春己の攻め方も、きっと秀人に分析されていることだろう。なんら恥じるところはないが、どう思われているのか気になるところではある。

「お願いします」

春己は駒に手を伸ばした。

ドアをノックする音に、秀人はパソコンから目を離すことなく返事をした。書斎に入ってきたのは吉川だ。

「旦那様、朝食の支度が整いました」

「ああ、いま行く」

秘書からの朝一番のメールをチェックしていたところだ。今朝は午前中のスケジュール変更があるらしい。調整ができしだいあらためてメールをすると書かれている。先に朝食をとろうと立ち上がった。

「旦那様、春己様が本日外出をしたいとのことですが、よろしいでしょうか」

「外出？　どこへ？」

春己は波多野家に来てから外出したことがない。とくに用事がなかったからだろう。

「買い物だそうです」

なにを買いに行きたいのか見当がつかないが、十代の若者にしたら、いくら広いとはいえ敷地内にこもりきりでは息が詰まるのかもしれない。息抜きができる時間を設けた方がいいのだろうか、と考えていた秀人だが、吉川の目がいつになく物言いたげなことに気づいた。

「……なんだ、なにかあるのか？」

「春己様は、お酒のつまみになりそうなものはなにかと私に訊ねられました」

「えっ……？」

意外な話に、秀人は瞠目《どうもく》する。昨夜の春己との会話が脳裏によみがえった。なにも摘まむことなく飲むのかと、春己は心配そうに秀人を見上げていた――。きっと春己は、秀人につまみを買ってこようとしているにちがいない。

「火を使わずに、そのまま食べられるものがいいと言うので、私はチョコレートはどうかと提案してみました。旦那様は甘いものは好みませんが、カカオが多めのダークチョコレートならば洋酒のつまみに食べたことがあります、と」

いつもポーカーフェイスのくせに、吉川はニヤリと笑った。完全に面白がっている。執事に娯楽を提供しているつもりはないが、秀人は視線を泳がせてしまった。なんだか腹のあたりがむずむずとくすぐったい。

「旦那様」

「……なんだ」

「春己様は、可愛らしいお方ですね」

「…………」

ここで同意するのもおかしいような気がして、秀人は無言のまま書斎を出た。さっさと朝食をとって、仕事に行かなければならない。今日も忙しいのだ。いつものように夜遅くまで分刻みのスケジュールをこなす。気を引き締めてかからなければ、相手は経済というバケモノだ。隙を見せたら足元をすくわれることだってある。

だが、ちらりとでも帰宅後のことを考えると、春己の優しげな顔が思い浮かんだ。今夜もまた、春己は書斎に来るだろう。どこかで買ってきたチョコレートを持って。

『お仕事、お疲れさまです』

その名の通り、春の日のような微笑みとともにチョコレートを出されたら、それがたとえ苦手な甘いミルクチョコレートでも、自分は黙って全部食べるにちがいない。

毎晩の恒例になっている書斎での春己との一時《ひととき》は、いつしか秀人の憩いの時間になっていた。

なにしろ春己は秀人が抱えている仕事とは無関係で、本人は無欲だ。春己の口からビジネス関連の用語など出てきたことはないし、金品をねだるそぶりもまったくない。秀人に色仕掛けをしてくるわけでもない。ただ、好意を隠さずに、にこにこと笑ったりその日のことを話したりしているだけだ。

だから秀人も身構えることなくリラックスできる。いままで秀人のささくれた心を癒す存在は章人だけだった。そこに春己が加わって、なんだか回復力が増した感じになっている。

「……………つまみか………」

春己の気遣いは嬉しい。全然嫌じゃない。だが、なぜか落ち着かない。腹のあたりがもぞもぞしてしまう。吉川に面白がられるのも腹立たしい。なんだろう、この感情は。

複雑な心境になりながら上の空で朝食を済ませ、秀人は書斎に戻って秘書からのメールが届いていないかチェックした。

するとまたドアがノックされる。こんどは章人だった。朝の書斎に章人がやってくることはほとんどない。春已が来てからはなおさらで、章人は彼と二人でゆっくり朝食をとるのが習慣になっていた。車椅子を器用に操作して秀人に近づいてきた章人は、すこし険しい表情になっている。

「兄さんさ、春已さんのこと、どうするつもりなの？」

「なんだ、いきなり」

春已のことが頭から離れなくなっている秀人は、ついぎくりと反応してしまう。

「その春已君はどうした？　まだ食事中なんじゃないのか」

「そうだよ。でも兄さんと話がしたくて、トイレって嘘ついて中座してきた」

行儀のいい章人にしては珍しい無作法だ。それだけ出勤前の秀人を捕まえたかったということだろう。帰宅後は短時間だが春已とともに過ごすことになっているので、章人は朝のこの時間を狙ったということか。

「兄さん、もう気づいていると思うけど、春已さんは兄さんの伴侶になるつもりでここに来ている」

「………そのようだな」

ため息をつきながら頷く。ここで「気づかなかった」と下手にしらばっくれても章人は引かない。弟が見かけによらず頑固で容赦がないことを、秀人はよく知っていた。

「どんな大人たちの思惑があったのか知らないけど、春已さん自身は兄さんのことを好きみたいだよ。兄さんの話をするとき、まるで恋する乙女なんだから。どうするの？　春已さんの誤解に気づいておきながらそのままにして、優しくしてあげるなんて残酷だと思わないの？」

それを言われると痛い。問題を先送りにしていることは重々承知しているからだ。

「春己さんはすごく純粋で、いい人だよ」

「そうだな」

チェスをしながら、ぽつぽつと会話をしている。ゲームの運び方や言葉などから、春己の人となりはよく透けて見えた。第一印象通りの、スレたところがない、いまどき珍しいくらいに無垢でまっすぐな性格だということくらい、もうわかっている。彼はきっと、波多野家に入りこんで強固な繋がりをつくって将来的に有利になるように——などと、考えていない。

酒のつまみを手に入れようとしているのも、秀人の機嫌を取ろうとか、点数を稼ごうとか、姑息《こそく》なことを考えているわけではないだろう。きっと、純粋な好意だ。

「兄さん、忘れているかもしれないけど、僕のケガ、順調によくなっているんだよ」

「吉川から聞いている」

昨日、章人は病院で診察を受けた。その結果の報告は受けている。

順調に回復していて、来週には胴体のコルセットは外せること、足のギプスも再来週には取り去り、リハビリに入れること。リハビリが進めば、その後からは登校が可能になる。つまり、話し相手は必要なくなるわけだ。

「僕が復学したら、春己さんはどうなるの？　予定通りにここから出ていってもらうの？　そんなことなったら、春己さんは……元の生活に戻れるのかな……？」

兄を責める目で見ていた章人だが、春己の今後を憂いてか、不安そうにまなざしを揺らがせる。

秀人となんら特別な関係をつくることができずに加納家に戻った場合、春己がどうなるのか――というのは、秀人にとっても心配な点だ。カミングアウトした秀人への貢ぎ物として利用するためだけに春己を引き取ったのなら、もう用済みだと加納が考えても不思議ではない。

「吉川から加納家の事情を聞いたのか」

「すこしだけ。あとは推測。春己さんが加納の家にひきとられた時期が、兄さんがカミングアウトした後だから、いやでもいろいろ考えちゃうよ」

章人が本気で心配しているのが伝わってくる。それほどに春己と章人は親交を深め、信頼を築いたということか。胸の奥がずしんと重くなった。この感覚は覚えがある。嫉妬だ。弟がいつの間にか春己と心を通わせていたことに、腹立たしさを感じている。

この厄介な感情に、秀人は憂鬱《ゆううつ》になった。どちらにどう嫉妬しているかという、答えを出したくないからだ。

「春己さんは加納家の養子になっているみたいだから、成果なく帰っても怒られないと思う？　春己さん、大丈夫かな？」

「ちょっと待て。養子？」

秀人はデスクの引き出しから調査報告書を引っ張りだした。どこをどう見ても「養子」という単語は記載されていない。報告書には、ただ春己が「引き取られた」としか――。たしかに章人が言うように、養子になっているのなら今後の憂いはすくないと思える。加納は春己を息子として面倒を見るつもりだとわかるし、今後はなんらかの仕事を与えて自立できるようにしていくだろう。

「春己君が加納家の養子になったと言ったのか？」

「言った。はっきりと。ちがうの？」

「……もう一度、調べ直してもらおう」

そう答えながら、秀人は嫌な予感がしていた。

おそらく春己は加納家の養子にはなっていない。そんな重要なことを見落とすような調査会社ではないからだ。だが春己は養子になったと思っている。

加納がそう思わせているとしたら、悪質だ。

孤独だった春己に優しく手を差し伸べて両親の墓を立ててやり、親子として籍を入れる。ここまでされて恩を感じなかったらまともな人間じゃない。墓を立ててもらったのは嘘ではないようなので、春己は養子縁組も事実だと信じたのだろう。だが実際籍に入れていなければ、加納にとって用済みとなった春己を切り捨てるのは簡単だ。

そのときになってから、春己は加納に抗議するだろうか――。いや、しないだろう。春己は黙って去っていくような気がする。

「あと、留学の予定はないらしいよ。春己さんはどこの大学にも入っていないって」

「……そうか……」

先日の報告書に、大学に入学した形跡はないと書かれていた。写真に添えられていた釣り書きには嘘が書かれていたことになる。

「兄さん、時間は大丈夫なの？」

章人の声に、秀人はハッと我に返る。時計を見ると、予定していた時間から十分近く過ぎていた。

「ごめんなさい、ほんの二、三分のつもりだったんだけど」

「いや、いい。おまえと話すことができてよかった」

申し訳なさそうな顔をする章人に微笑みかけたところでドアがノックされた。吉川だろうと予想したら、その通りだった。

「旦那様、どうかなさいましたか。もう時間ですが」

「いま行く」

章人に「行ってくる」と告げてから、ドアを開けたまま待っている吉川の前を通り過ぎる。そのとき軽く目配せした。吉川は黙って秀人の後ろをついてくる。エントランスホールの螺旋階段を下り、玄関の扉を出たところで「確認してくれ」と小声で頼んだ。

「なんでしょうか」

「章人の話だと、春己君は加納家の養子になっているそうだ。だが報告書にはそんな記載はなかった」

「……かしこまりました」

吉川にもすぐに事の重大さがわかっただろう。車に乗りこむ秀人を見送る表情がいつも以上に固い。

「待たせてすまない。すぐ出してくれ」

運転手に声をかけ、秀人はシートに凭れた。加速していく車のかすかな振動を感じながら目を閉じる。章人に言われたいくつかの問題について、もう直視しなければならない時期がきていると認めるしかない。

章人があれほどに春己のことについて心配しているのは、彼を気に入ったからにほかならないだろう。もし春己が不幸になったら秀人は恨まれるかもしれない――いや、正直になろう。春己が加納家に戻ったあと冷遇されるようなことがあれば、秀人が嫌だ。彼にはそんな目にあってほしくない。

あの穏やかな春の日のような笑顔が消えてしまう事態は避けたかった。

かといって、このまま波多野家に置いておくとしたら、なんらかの理由が必要だ。

「理由……か」

どんな理由が有効だろうか。吉川なら妙案が出せるかもしれない。あるいは章人でも。

一途《いちず》に慕ってくるあの春己の目が、秀人を悩ませた。

次の一手を考えている春己を秀人がぼんやりと眺めているのは、よくあることだ。最初のころは秀人の視線を感じるたびにドギマギしていたが、もう慣れてきた。見てくれているということは、春己に興味があって観察していることだと思う。すこしずつ距離が縮まっているように感じて、嬉しかった。

だが今夜の秀人はなんとなく違うように思う。春己が顔を上げて視線が合うと、秀人はかすかにうろたえたような気配を滲ませて目を伏せる。

「……どうかしました？」

「いや、なんでもない」

秀人の態度は言葉通りに「なんでもない」という感じではない。なにか春己に言いたいことでもあるのだろうか？　すこし様子を窺うが、秀人は無言でチョコレートの欠片《かけら》を指先で摘まんで口に運んだ。

ローテーブルの上に置かれた皿には、カカオ七十パーセントのビターチョコレートが並んでいる。今日、春己が外出の許可をもらって買ってきたものだ。ネットで検索して有名ショコラティエがいるという有名店まで、わざわざ行った甲斐があった。春己も食べてみたが、コンビニで売っているものよりもずっと深い味がして、美味しい。厨房で借りた皿に紙ナプキンを一枚敷いて、濃い褐色のダイス型のチョコを並べた。それを見た秀人はちょっと驚いたように目を開いたが、すぐに一欠片食べてくれて、「美味しい」と感想を言ってくれたのだ。

秀人がウイスキーを飲みながらそれをいくつも摘まんでくれるのが、春己は嬉しい。

つぎはなにを食べてもらおうかなと、考え中だ。毎晩チョコレートでは飽きるから、簡単に摘まめて美味しいものを手に入れたい。秀人のために。

「……春己君、その……」

「はい」

やっぱり言いたいことがあったのかと、春己は笑顔で姿勢を正す。

「ずいぶんたくさんの本を読んだみたいだな」

「そうですね、読みました」

返事をしながら、「あれ？」と不審に思う。本当に本について聞きたかったのだろうか？

「吉川に聞いたんだが、旅行記が好きなんだって？」

「はい。海外旅行に行ったことがないので、すごく憧れます。書棚にたくさん旅行記があるのは、秀人さんが集められたんですか？」

「いや、私は読まない。好んで読んでいたのは父だ。仕事で世界中を飛び回ってはいたが、純粋な観光で出かけたことはほとんどなかった。だから、そういう旅行がしたかったんだろうな。よく読んでいた」

「でもいまはご夫婦でのんびりなさっているんですよね」

「引退してからは好きなことをして過ごしているよ。世界遺産めぐりを趣味にしようかと言っているが……どれだけ回れるか」

「世界遺産めぐり！　いいなぁ、羨ましいです」

「君は興味があるのか？」

「ありますよ。僕は自然遺産よりも文化遺産を見たいです。何百年、何千年も前につくられた人類の英知を見られるなんて、すごいことだと思いませんか」

「……そう言われれば、そうだが……」

秀人は本当に興味がないようで、困ったように眉を寄せている。春己に同調できなくて戸惑うなんて、秀人の優しい一面をまた垣間見《かいまみ》てしまった。胸の奥がくすぐったい。

「……君は大学に進学したとしたら、何学部に行くつもりだった？」

いきなり話題が転換して驚いたが、春己は正直に「教育学部です」と答えた。

「小学校か中学校の教師になりたいなと思っていました。子供の教育に関わる仕事をしたくて。一人っ子なので安定した職につきたいという気持ちもありましたけど……」

その先を言うべきかどうか春己は口ごもり、秀人をじっと見つめた。まっすぐに見つめ返してくる秀人の瞳は、続きを促している。どんな話が飛びだしてきても受けとめるよ、と言ってくれているように感じた。

「その……僕はゲイなので……たぶん一生、結婚はしません。女性とお付き合いすることもありません。子供は持てないから、せめて子供の教育に携わりたいと思ったんです……」

春己は視線をテーブル上のチェスに落とす。秀人の相手として波多野家に呼ばれたわけだから、春己がここでゲイだとカミングアウトしてもなんら問題はないだろう。だが秀人はどんな顔をしている

のか直視する勇気がなかった。やはり怖いのだ。

加納にカミングアウトしたときは、降って湧いた幸運に舞い上がっていた。まったく深く考えていなかった。あのとき加納がどんな反応をしたか覚えていない。よく見ていなかったのだ。いまになって加納がどう思っているのか、すごく気になっている。

秀人は無言でチェス盤に手を伸ばしてきた。駒をひとつ動かして、どうぞというようにそのてのひらを春己に向けてくる。春己はすこし考えて、自分の駒を動かした。

「……君はいい子だな……」

ぽつりと呟かれた言葉は、春己には褒め言葉ではなかった。ついムッと顔を上げて睨《にら》んでしまう。

「いい子って、子供扱いですか。たしかに未成年ですけど、もうすぐ十九歳です」

「すまない。子供扱いしたわけじゃないが……」

意表を突かれたように秀人はうろたえ、もう一度「すまない」と言った。謝られても「いい子」という響きは耳にこびりついて消えない。ちょっと腹が立ったので、ぐっと口を閉じて黙々と駒を動かした。秀人も黙って駒を動かす。

静かな書斎に、チェスの駒を動かす音だけが響いた。

「……これは、どうすればいいのかな……」

秀人は困惑しきって視線をうろうろとさ迷わせた。じっと見つめていたら変な気分になりそうで怖いからだ。

テーブルを挟んだ向こう側のソファで、春己がすやすやと眠っている。チェスの対戦はもちろん途中で、春己が動かなくなったと気づいたときには、ソファの背もたれにちいさな頭をかくんともたせかけて寝息をたてていたのだ。

時刻は深夜一時過ぎ。春己はもともと夜更かしをするタイプではなかったようで、眠そうな顔をすることはあったが、こんなふうに座ったまま眠ってしまったのははじめてだ。上を向いて寝ているので、ピンク色の唇がぽかんと半開きになっている。あどけなくて、無防備で、なんともはや——可愛かった。

とりあえず起こしてみて、起きなかったらベッドに運んであげた方がいいだろう。秀人は立ち上がり、春己を揺すってみた。

「春己君、こんなところで寝たらいけないよ。春己君」

反応がないので、もうすこし力を入れて肩を揺さぶった。春己の頭がぐらぐらと揺れて、細い首が折れてしまうのではないかと不安になる。それでも春己は目を覚まさなかった。よほど強烈な睡魔に襲われたのだろう。

秀人は仕方なく春己を抱き上げた。パジャマだけを身にまとった春己の体は予想していたよりも軽く、しなやかだった。胸の高さにある春己の顔をついじっと見てしまう。まぶたが青白く、まつげは長い。鼻筋は通っているがちいさい。肌の滑らかさを視線でたどると、頰の柔らかさを指先で確認したくなった。唇はきれいなピンク色。開いたところからちょっとだけ舌が見えて、ドキッとして視線を逸《そ》らす。マズい。ヤバい。

見ないようにして抱き直し、書斎を出た。廊下だけでなく屋敷中がしんと静まり返っている。吉川はとうに自室に引っこんでいるはずだ。春己の部屋はわかっているので、そこまで歩いていった。十九歳の青年にしては華奢《きゃしゃ》なので、たいした労力ではなかった。

春己の部屋のドアを開け、中に入る。ベッドにそっと下ろした。春己は起きる気配がなく、呑気《のんき》にも安心しきった顔で寝ている。秀人は春己に布団を掛けてあげ、平和な寝顔をしばらく見つめた。見てはいけないと思いつつ、やはり半開きの口を見てしまう。

この唇は、キスを知っているのだろうか——と、下世話なことが気になってしまった。

さっき春己は自分のことをゲイだと言った。秀人を同類だと信じきっているから、深く考えることなく口にしたのだろう。秀人は内心ではびっくりしていたが、なんでもない態度を装った。やはり春己は秀人の相手になるつもりでここに来たのだ。章人の話し相手として呼ばれたとは欠片も思っていない。

この唇を、この体を、秀人に捧げるつもりで来た——。

おそらく経験などないにちがいない。あるようには見えない。男同士のあれこれを、秀人は知識として知っているが、春己はどうだろう。知っていて、なにもかもを捧げるつもりなのだろうか。

それが加納のためなのか、秀人への好意によるものなのか、それとも両方なのか、本人に聞いてみないとわからないが、章人が復学すると同時に加納家に戻されたら、春己はどう思うだろう。一度は選ばれたのに、同居生活の中のどこかで秀人の不興を買ったと傷つくだろう。さらに加納に冷遇されたら、もっと傷つく。春己をそんな目にあわせたくはない。

完全に情が移っていた。犬猫だって、三日も飼えば愛《いと》しさを覚えるものだ。いや、春己を犬や猫と一緒にしているわけではないが……。

「……どうする……」

秀人はため息をつき、両手で自身の顔を撫で上げた。

春己の寝顔はやはり罪なほど無防備で、頬を触ってみたい誘惑に逆らえず、秀人は手を伸ばした。

想像通りに、頬は柔らかくてすべすべだった。額にかかる前髪をかきあげてみる。漆黒の髪は艶やかで張りがあり、かきあげてもすぐに落ちてきた。丸い額に誘われるように、秀人は屈みこみ、そっとキスをした。

してしまってから、慌てて周囲を見渡す。だれかに見られたら大変だ。もちろんだれもいないが。

秀人はそそくさと春己の部屋を出た。書斎を通り越して自分の部屋へ行く。もうとっとと寝てしまおう。今夜のことは忘れよう。春己の額にキスしたことは自分だけが知っている。だれにも言わなければ、だれもわからない。

ただ、愛しいなと思ったらキスしていた。可愛いと思ってしまった。でもこれは恋愛感情ではない。

章人に感じるような、弟に対するような、親愛の情だ。春己を家族のように守ってやりたいと思っただけだ。

そう、これは恋愛感情ではない。絶対に——。


目覚まし時計のアラーム音が鳴ると同時に、春己はパチッと目を開いた。

「あれ……？」

きょとんと高い天井を見つめる。アラベスク模様の壁紙をぐるりと見渡し、自分が与えられている客室のベッドにいることを確認した。

「あれ？　昨日の夜、僕って……ここに戻ってきたんだっけ……？」

放置されている目覚まし時計からは、耳障りな電子音がピピピピと鳴り続けている。首を傾げながらスイッチを切り、昨夜のことを思い出そうと必死になる。

「秀人さんに会いに書斎へ行って、チェスをして、それで……それで…………あれ？　…………やだ、もしかして、僕…………」

自分の足で歩いて戻ってきた覚えがない。チェスをしている途中でものすごく眠くなったことは記憶していた。我慢してチェス盤を見つめていたけれど、そのあと、どうしただろうか？

「…………寝ちゃった…………？」

意識が途切れたあと、書斎のソファでそのまま眠ってしまったとしか思えない。春己はサーッと青くなった。

「最悪っ！」

慌ててベッドから下り、急いでパジャマから普段着に着替えた。部屋を飛び出しておなじ二階にある書斎へ行く。ノックをしてからドアを開けたが、だれもいなかった。秀人はもう会社に行ってしまったのだろうか。

書斎を出た春己は、行儀が悪いと知りつつ長い廊下を駆け抜けた。吹き抜けになっているエントランスホールを見下ろすと、運がいいことにちょうど秀人が出かけるところだった。吉川となにやら言葉を交わしている。

「秀人さんっ」

思わず声をかけてしまってから、二人が主人と執事として大切な話をしていたかも……ということに思い至った。秀人と吉川が同時に振り向く。やや驚いたような目で見上げられて、春己はそのまま固まった。

「春己君、おはよう。どうした？」

秀人がいつもと変わらない口調で返してくれたので、かろうじて昨夜の無作法に腹を立てていないことはわかった。吉川の表情は読めない。春己が書斎で寝こけてしまったのを聞いているのかどうかすら、完璧すぎるポーカーフェイスからは感じ取れなかった。

「お、おはよう…ございます……」

春己が螺旋階段を下りていった方がいいのかどうか躊躇《ちゅうちょ》していると、秀人が吉川の顔をちらりと見遣り、なにかを囁《ささや》いた。囁かれた吉川は軽く頭を下げて、エントランスホールから去っていく。

まさか、春己が下りてきやすいように吉川を遠ざけてくれたのだろうか——。

秀人が「おいで」というように手招きしてくれた。引き寄せられるようにトタタタと階段を下りる。皺ひとつないぴしっとしたスーツできめている秀人は、朝日が降りそそぐエントランスホールで王様のように威厳があり、頼もしくて格好よかった。急に心臓がばくばくと跳ね出して、春己は白い頬をカーッと赤く染める。

「なにか私に用事かな？」

「あの、えっと……」

もじもじと下を向きそうになって、すぐに時間がないことを思い出す。秀人はいまから仕事に行くのだ。春己がいつまでも引きとめていては遅刻してしまうかもしれない。

「昨夜は、すみませんでした。僕、座ったまま寝てしまったんですよね？」

「ああ、そのことか」

秀人がふっと表情を緩めたあと、くくくと笑ったので、春己はさらに赤面した。これはよほどの醜態を晒《さら》してしまったようだ。すごい寝言を口にしたとか、よだれを垂らしていたとか、とんでもなくみっともない寝相を見せてしまったとか——？

「ぼ、ぼぼぼ僕、なにか粗相をしましたか」

「粗相？　いや、なにも。可愛い寝顔だったよ」

「可愛い？」

　秀人からはじめて「可愛い」なんて言葉を聞いて、春己はびっくりした。目を丸くした春己を見て、秀人も驚いた顔になり、そっと視線を逸らす。ほんのりと耳が赤くなっているように見えるのは、気のせいだろうか。

「いや、その……深い意味はないから…………」

「あ、はい……」

　なんだ、深い意味はないのか、と春己は残念な気持ちになる。それでも、ひとつだけ確認しておきたいことがあるので、秀人をまっすぐ見上げた。

「昨夜のこと、怒っていませんか？」

「怒ってなどいない。ただ、疲れているなら無理に書斎に来ることはないよ」

　そう言われてしまうのが怖かったのだ。「無理なんかじゃないです！」と春己はなかば叫んだ。

「僕は夜に書斎へ行くのが楽しみなんです。だって秀人さんと二人きりで会えるのって、夜くらいしかないじゃないですか。本当はもっと、秀人さんとの時間をつくりたいんです。足りないくらいなのに、書斎で会うことをなくしてしまったら、僕はいつ秀人さんとコミュニケーションを取ったらいいんですか」

春己の勢いに秀人が若干引いていることに気づき、慌ててトーンを落とす。

「だから、その、無理じゃないです。昨夜はうっかり居眠りしてしまいましたけど、二度とあんなことはないようにしますから、来なくていいなんて言わないでください」

秀人に会えなくなると思うだけで、春己は涙ぐみそうになった。瞳が潤みかけているのがわかったのか、秀人は慌てて「来てもいいよ」と言ってくれる。

「いや、来てもいいなんて言い方は傲慢だな。ぜひ来てくれ。私も短時間ながら君と話したりチェスをしたりするのは楽しい。いい気分転換になるんだ。今夜もまた来てくれるかな？」

「はいっ」

春己が元気よく返事をすると、秀人はかすかにホッとしたような目をした。

そのとき玄関の扉がそっと開き、白手袋をした運転手が顔を覗かせる。

「旦那様、そろそろお時間が……」

「わかっている」

秀人が頷くと、運転手は引っこんだ。

「すみません、秀人さん。僕が引きとめてしまったから」

「いや、大丈夫だ。これでも偉い人だから」

秀人は澄ました顔でそんな冗談を言い、扉を自分で開けた。すぐ前で待っていた黒塗りの車に乗りこむ。すぐに車は動き出し、ゆっくりと門へ向かった。春己は見えなくなるまで見送ってから、扉をきちんと閉じた。

よかった。秀人と話ができた。昨夜の失態のフォローができたかどうかは不明だが、今夜も書斎へ行ってもいいと言ってもらえた。そうだ、はじめて「可愛い」なんて嬉しい言葉ももらえた。

表情がどうしたってゆるゆるになってしまう。ダイニングルームへ行くと、章人が席について待っていた。そばには吉川が立っていて、章人のグラスにオレンジジュースを注いでいる。

「おはよう、春己さん」

「おはよう、章人君」

挨拶を交わして、自分の席につく。十人ほどが座れるダイニングテーブルだが、毎朝ここで食事をとるのは春己と章人だけだ。片側の向かいあう席だけにランチョンマットが敷かれ、カトラリーがきれいに並べられている。

春己が座ると、吉川の合図でべつの使用人が春己の前に朝食プレートを置いてくれた。オレンジジュースのグラスに口をつけながら、章人が訊ねてきた。

「兄さんのお見送りをしていたの？」

「あ、うん。ちょっと話もあったから……」

「なにかいいことあったみたいだね」

「えっ………わかる？」

ふわふわした気分のまま、春己は照れ笑いした。

「秀人さんに、はじめて可愛いって言われちゃった」

ぐふっ、と変な音がしたので振り向くと、ダイニングルームを出ていこうとしている吉川が不自然な姿勢で俯き、肩を震わせている。どうしたのかなと章人を見遣ると、こちらもオレンジジュースのグラスを傾けたはいいものの口がくっついておらず、テーブルクロスに黄色い液体がたらたらとこぼれていた。

「章人君、こぼれているよっ」

「あ、うわ、濡れる」

素早く吉川が戻ってきて、手にしていたクロスで章人を助けた。なんとか服は濡らさずに済んだようで、食事はそのまま続く。だがダイニングルームはなんだかぎこちない空気に包まれてしまった。

それでも春己は美味しい朝食を残すことなど考えていないので、せっせと口に運んだ。章人も無言でプレートの中を片付けている。食後のコーヒーが運ばれてきたところで、章人が躊躇いがちに口を開いた。

「春己さん………兄さんに可愛いって言われて、嬉しかったんだ？」

「あ、うん、それは………そうに決まっているでしょ？」

なにをいまさら訊ねてきているのか、春己は首を傾げながら当然だと頷いたのだった。

その夜、気合いを入れ直した春己は書斎のソファで眠ることはなかった。一日十分ほどの対戦でゆっくりとゲームを進めていたチェスは、この日やっと決着がついた。ハンデをもらっていたが春己は負けてしまい、少々がっかりする。途中、もしかしたら秀人に勝てるかもと欲をかいたのが敗因かもしれない。

「次は負けません」

拳を握って宣言した春己に、秀人は笑った。

「もっと研究します」

「じゃあ、ハンデなしでいいか？」

「それは……まだダメです」

また秀人が笑う。バカにされて笑われているのではないとわかるから、不快にはならない。楽しそうに自分の前に座っていてくれるから、春己も笑みがこぼれる。いい感じに距離が縮まっていると思うから、余計に嬉しい。

「あの、そっちに行ってもいいですか……？」

図々しいお願いだとわかっていても、もっと距離を縮めたいからダメ元で言ってみた。秀人は目をぱちぱちと瞬き、「……いいが……」と戸惑いがちに頷いてくれる。やっぱりダメと撤回される前に、春己は急いでテーブルを回りこみ、秀人の隣に座った。二人掛けのソファなので、大柄な秀人と座ると余計なスペースはない。記憶にある限り、こんなに近づいたのははじめてだ。

昨夜、ここで眠ってしまったとき、秀人がベッドまで運んでくれたらしい。たぶんそのときがもっとも近づいた…というか、距離がゼロになった瞬間だったのだろうが、記憶にないのだから春己としてはノーカウントだ。ぜひ意識があるときに距離をゼロにしてほしいものだが——贅沢は言わない。こうしてそばにいることを許してもらえるだけで幸せだった。

一目見られるかどうかわからない、遠い存在だった日々を思えば、いまは夢のようだから。

春己はどきどきしながら秀人を見つめた。憧れの人は、恋の対象になって、いまこんなに近くにいる。近づけば近づくほど、知れば知るほど、どんどん秀人を好きになっていく。恋する気持ちに限界はないんだなと、春己は身をもって知ったところだ。

秀人がちらりと時計を見た。もう決めた時間をオーバーしている。自分の部屋に帰らなければならない。長居すれば困るのは秀人だ。

「……そろそろ、部屋に戻ります」

「そうだな」

秀人は引き止めなかった。あたりまえのことなのに、春己はすこしがっかりした。立ち上がった春己につられるように秀人も席を立つ。

「おやすみなさい。また明日」

「おやすみ」

いつも秀人は座ったまま春己を見送るのに、なぜか今夜はドアまでついてきてくれた。ちょっとした距離を動いてくれたのが、また嬉しい。ドアを開けて、春己はもう一度振り返る。秀人を見上げた瞬間だった。

距離がゼロになった。予告もなく。

春己の額にチュッと音を立てて離れていったのは、秀人の唇。キスされた。額に。

ぽかんと口を開いたまま硬直した春己に、秀人がなぜか困惑した表情をする。

「春己君……部屋まで送ろう」

茫然としたまま動けなくなった春己は、秀人になかば抱きかかえられるようにして客間まで連れていかれ、ドアの内側に押しこまれた。「おやすみ」ともう一度言われて、目の前でドアが閉じられる。

「………なに、いまの………」

なんとかぎくしゃくと動けるようになったのは、一人きりになってからゆうに五分はたっていた。

ぶわっと全身が発火したように熱くなり、頭に血が上る。

「わぁ、わわわわぁ、キス？　おでこにキスされた？　わあぁぁ！」

どうしよう、幸せすぎる、幸せすぎてどうにかなっちゃいそうだと、春己はベッドにダイブした。

おやすみのキス。あれはきっと、おやすみのキスだったのだ。

「すごい……」

額とはいえ、キスはキスだ。

「ああ、秀人さん……」

シーツの海で泳ぎまわりたいくらいに興奮して眠れず、結局、明け方まで一人で静かに騒いでいたのだった。

通話を終え、秀人は受話器を戻した。社長室のデスクはどっしりとしていておおきく、パソコンのモニターが大小あわせて三つも置かれている。それぞれうつし出されているのは日本とアメリカ、EUの本部からリアルタイムで送られてくる波多野グループの業績だ。秀人にとってもっとも重要なデータなのだが、いまは目に入っていない。

「やはり……」

電話で吉川から報告されたのは、春己に対する追加調査の結果だった。春己は加納家の養子にはなっていない――。予想通りの結果なのだが、春己が不憫《ふびん》だった。騙《だま》されているとは露ほども思わず、春己はただ加納家に恩を感じている。

吉川には波多野家の顧問弁護士に連絡を取るように頼んだ。春己が二十歳を過ぎていればなんの問題もなかっただろう。まだ十八歳で、未成年だ。もうすぐ誕生日が来るようだが、それでも十九歳。春己の自由意思で波多野家に留まったとしても、加納家が「帰してほしいのに無理やり引きとめている」とでも騒げば春己は戻らなければならず、波多野家にはどうしようもない。

目を閉じれば、春己の白い額が浮かんでくる。さらさらの前髪が、秀人を見上げると真ん中の分け目で左右に流れ、緩やかな曲線を描く白い額が現れるのだ。そこに、ついキスをしてしまったのは一昨日の夜。

おのれの衝動に驚いた。毎晩の習慣となったチェスの対戦を終え、春己が客室に引きあげるとき、なんとなく別れ難いと思ったのだ。春己からもそんな空気が漂っていて、甘えるように見上げてきた表情が抱きしめたいほどに可愛かった。両手が伸びてしまいそうになったがぐっとこらえ、春己から視線を逸らそうとしたができず、つい――額にキスをした。

やらかしてしまった秀人は自分に驚いたが、同様に驚いていたのは春己だ。目と口を真ん丸く開いて、動かなくなってしまった。焦った秀人は、春己が「いまのはなんですか」と問うてくる前にと、抱えるようにして書斎から連れ出し、春己の部屋へと送った。部屋の中に押しこんだあと、春己がなにをどう思い、どう解釈したのかは、わからない。

ただ……昨夜、春己は照れた様子で書斎に来てチェスをやったあと、秀人の前でおねだりするように見つめてきた。これは前夜とおなじ行為を求めているなと、恋愛の機微に疎いという自覚がある秀人にもわかった。

どうする、どうすればいい、あれは衝動的にやったことだと正直に謝るか？　それとも――。

結局、無言のプレッシャーに勝てず、秀人は春己の額にキスをした。春己は頬をピンクに染めて、嬉しそうに微笑んだ。

「おやすみのキスですね」

たしかめるようにそう言った春己に、ちがうなんて否定できるわけもなく、秀人はあいまいに頷いた。

「おやすみなさい」

春己は弾む足取りで書斎を出ていった。一人きりになったあと、秀人はがっくりとソファに座りこみ、両手で頭を抱えた。

「………どうするんだよ、おい」

自分につっこむ。答えは、まだない。

秀人にもかつて恋人がいた。何人かと付き合ったが、その中のだれとも、こんな甘ったるい行為はしたことがない。自分は恋人とベタベタするタイプではないと思っていたのだが――春己には、そうさせてしまうなにかがあるのかもしれない――。

「社長、そろそろ時間です」

秘書室に控えていた男性秘書がドアを開けてそう告げてきた。出かける予定になっていることを忘れそうになっていた。秀人は席を立ち、秘書とともに社長室を出た。

エレベーターへ向かう途中で、前方からクリーム色のスーツを着た男が歩いてくるのが見えた。加納だ。秀人よりも先に加納は気づいていたらしく、視線が合うとにっこり微笑んでくる。以前は社内で偶然会っても会釈だけで通り過ぎていたのに、ずいぶんな変わりようだ。

加納は通り過ぎることなく秀人の前で足をとめた。

「社長、おひさしぶりです」

「……そうですね」

先月の役員会以来だ。だがひさしぶりだと挨拶をするほどの交流などなかったはず。春己が波多野家に滞在しているというだけで、もう秀人とは身内だと思いこんでいるのだろうか。いけすかないが、とりあえず年長者であるし、春己の保護者でもあるわけだから、無碍《むげ》にはできない。

「あの子は元気ですか？」

「……春己君のことなら、元気ですよ」

あの子呼ばわりか。カチンときてしまった。

「気立てのいい子でしょう。お気に召したなら、社長の気が済むまでそばに置いてあげてください」

ニヤリと笑った加納が、気味の悪い老人に見えた。まだ五十歳そこそこのはずだが、性根の腐った老害だとしか思えない。腸《はらわた》が煮えくりかえるという状態を、秀人ははじめて経験した。いままでいろいろな危機に直面したし、腹が立つことも山ほどあったが、いまほど攻撃的な怒りがこみあげてきたことはない。加納は春己という青年をいったいどう認識しているのか、胸倉を摑んでがくがくと揺さぶりながら問《と》い質《ただ》したい衝動に駆られる。

ここで秀人が加納を殴り飛ばしても目撃者は秘書だけだ。廊下の前後に人影はない。もみ消すことは可能だが、そんな不名誉なことはしたくないし、してはならない。波多野家の男ともあろう者が、これしきの衝動を抑えることができなくてどうする――と、秀人は自分自身に言い聞かせた。

加納から視線を逸らして深呼吸する。気色の悪い笑みを直視しなければ、なんとか抑えられそうだ。

「気に入りましたよ。彼はとても聡明な青年です。弟とも気が合うようで、すっかり我が家での生活に馴染んでいるようです」

「それはよかった」

「私は春己君が望むなら大学に進学させてあげようと思っています。どうやら加納家から受け取ったパーソナルデータには間違いがあったようで、彼は高校は卒業していますが、どこにも進学していない。留学の予定もないらしいですね」

チクリとやったつもりだったが、加納は驚いた顔をしたあと苦々しげにしかめてみせた。

「社長に伝わるまでのどこかで、事実とはちがう内容になってしまったようですね」

とんでもないタヌキだ。しれっと言ってのけた加納は、まったく顔色が変わっていない。ただの目立たない人間だとしか思っていなかったが、やはり波多野ホールディングスの役員の座に何年も座っているだけはある。たいした働きはしていないのに報酬だけはしっかり受け取る厚顔無恥さは、抜きんでているらしい。

「あの子に学をつけても、果たして役に立ちますか……」

「学んだことがいつどこでどう役に立つかなんて結果論です。まず学ぼうとする姿勢が大切だと思いますが」

「無駄な投資になるかもしれませんよ」

「世の中に無駄はありません」

あるとしたらおまえだ、と秀人は声に出さずに毒づく。

「まあ、社長がそれだけあの子にご執心で、手をかけてあげたいとお思いならば、私は余計な口出しはしません。存分に可愛がってあげてください。あの子はそのつもりで波多野家に行ったはずですから、どんな扱いを受けても逆らうことはないでしょう」

「……それはどういう意味でしょうか」

「あの子は以前からずっと社長に想いを寄せていたようですが、それはご存じでしたか？」

初耳だった。面識があったということだろうか。まったく覚えがない。

「今回の話、あの子はとても喜んで、意気揚々と波多野家へ行きました。だから、そのつもり、と言いました。社長がどう扱っても、逆らうことなく、文句も言わないと思いますよ。どうぞ、お好きなように、あの子を可愛がってあげてください」

加納の口から「あの子」という言葉が出てくるたびに、春己が汚されていくような気がする。つまり加納は、春己が秀人の玩具《おもちゃ》になってもいい、むしろそうしろと唆《そそのか》しているのだ。

とんでもないことだ。春己はおそらく加納の思惑など知らない。純真で無垢な春己の笑顔を思い出すと、胸が痛かった。

「遠慮せずに、どうぞ遊んでください。飽きたときは返してくだされればいい。海外の好事家にでも譲りましょう。あの子には身寄りがいませんから、大丈夫です。私と社長の秘密にすればなにも問題はありません」

秀人は自制心の限界を感じた。加納に向けてじりっと半歩前に出てしまう。

「社長」

斜め後ろに立っている秘書が、絶妙なタイミングで声をかけてきた。

「お時間が……」

秀人は左手首の腕時計を見た。たしかに時間がない。

「お忙しいところを引きとめてしまって申し訳ありません」

加納がすっと半歩下がって秀人との距離を広げる。意識してのことなのか無意識なのかはわからない。だが殴りかからずに済んだ。秀人はひとつ息をついて、「では、また」と短く告げ、足早にエレベーターへと向かう。静かについてきた秘書に、エレベーターの中で礼を言った。

「さっきは助かった」

「……時間がないのは本当です」

「ああ、そうだな」

やれやれとため息をつく。加納が強気なのは春己のせいだろう。春己が波多野家で気に入られているという事実が、加納をあんな態度にしている。つぎに会ったとき、果たして我慢できるだろうか。はなはだ自信がない秀人だった。


いつものように章人と二人で夕食をとり、ダイニングルームから二階の客室に戻ろうとしたときに、ちょうど秀人が帰宅した。エントランスホールで運よく出迎えるかたちになり、春己は喜色を浮かべて吉川の横に立った。秀人の帰りは遅いのがあたりまえになっていて、今夜のように午後九時前に帰宅するのは珍しい。就寝前の書斎での一時が、今日は長く取ってもらえるかもしれないと、春己は期待した。

だが、車から下りて玄関扉から入ってきた秀人を一目見て、春己は「あれ？」と首を傾げる。なんだか秀人の様子がおかしい。体調は悪そうではないが、どこか疲れて苛立っているように見えたのだ。

「お帰りなさいませ」

丁寧に頭を下げた吉川に、秀人は頷くだけで無言だった。春己が「お帰りなさい」と声をかけても、ちらりと視線を向けるだけで、やはり言葉はない。秀人は大変な重責を担っている。春己にはわからない、大きなプレッシャーと日々闘っているのだろうから、こういう日もあるだろう。吉川を連れて階段を上がっていく秀人の後ろ姿を、春己は見送った。

両親がまだ生きていたころ、父親もたまに疲れて帰ってくることがあった。職場でトラブルが起きたとか、多忙のあまり休みがまったく取れなくなったとか。そういうとき、母親は余計なことを言わずに黙って熱いお茶を淹れたり、寄り添っていたりした。

春己にもできることはないだろうか。秀人のために、なにか――。

エントランスホールで立ち尽くしたまま考えこんでいると、やがて吉川が階段を下りてきた。

「まだここにいたんですか」

春己を見つけて呆れた口調で言われてしまった。

「旦那様からの伝言です」

「あ、はい」

「今夜の対戦はなしにしてほしい、ということです」

「えっ………」

毎晩の楽しみである書斎でのひとときはなしということだろうか。唯一、二人きりになれる時間だったのに――。

「あの、僕がなにか気に障ることをしたんでしょうか？」

「それはないでしょう。旦那様もたまには一人で思索にふけりたいときがあるだけだと思います」

たまには一人で……と言われて、春己はいささかショックだった。では毎晩、春己が書斎に顔を出していたのは鬱陶しかったのだろうか。一日の仕事を終えて疲れているにちがいないと考慮して、平均十五分くらいしかいなかったけれど。

「あっ、あれかな……」

別れ際の「おやすみのキス」が、もしかして嫌だった？　一回目は秀人からしてくれたが、二回目以降は春己が無言でねだったらしてくれただけで、嫌だったのかもしれない。

「秀人さん、なにか僕のことを言っていませんでしたか」

「……とくになにも」

「本当に？　おやすみのキスなんてしたくないとか、僕がウザいとか、言っていませんでしたか？」

春己は真剣に訊ねているのに、吉川がポーカーフェイスを一瞬だけ崩してプッと吹き出した。すぐに表情を戻したが、なぜか笑ったのだ。

「僕、なにか変なことを言いましたか？」

「すみません。聞き間違いかと思ったのですが、いま、おやすみのキスと言いました？」

あっと春己は手で口を覆った。秘密にしているつもりはなかったが、これはだれにも漏らしてはいけない重要機密だったのだろうか。吉川の目がキラッと光ったように見えた。

「旦那様がおやすみのキスをされた、ということでよろしいですか？」

「あ…………はい…………。ごめんなさい…………」

「謝らなくていいです。なにも悪いことはしていないでしょう？」

たしかに悪いことをしているわけではないが、ではなぜ吉川はそんな目をしているのか。凄《すご》みのある笑んだ目つきが怖い——。

「あの、明日は、書斎に行ってもいいでしょうか？」

「それは旦那様に聞いてみないとわかりません」

それはそうだろう。春己はしゅんと肩を落として螺旋階段を上がり、二階の客室へ戻る。ソファに座ってしばらくぼんやりしていたら、テーブルに置きっぱなしになっていた携帯端末がブルブルと震えた。波多野家に来てから、ほとんど出歩いていないので、携帯端末は放置状態だ。ときどき加納から様子を聞くメールが届くくらいだった。

「電話だ」

珍しいことに加納から電話がかかってきた。なにか急用かもしれない。

「はい、もしもし、春己です」

『やあ、春己君、私だよ』

聞き覚えのある穏やかな低音が、携帯端末を通して耳に届く。恩人であり、いまでは父親となった人の声は、緊急事態という感じではなかった。それでも、わざわざ電話をかけてきたということは、なにか用事があるのだろう。

『じつはね、いま波多野家の近くまで来ているんだ』

「えっ？」

思わずソファから立って窓の向こうを見ようとし、無駄だと思い直す。広い庭をぐるりと囲む塀は高く、道行く車や人はまったく見えないのだ。

『ちょっと話があるから、外に出てきてくれないか』

「いまからですか？」

春己はベッドサイドに置いてある目覚まし時計を振り返った。午後九時を過ぎたところだから、深夜というわけではないが、波多野家に来てから夜間に一人で外出したことはない。こんな時間に勝手に外へ出たらだれかに見咎《みとが》められるだろう。なんという口実を作って出ていけばいいのか——。

そもそも、どうして加納は外で会おうなんて言うのだろう。春己が加納家の養子であることは、みんな知っている。父親が息子に会いに来たのだから、追い返されることはないと思う。

「あの、どうしても外に行かないといけませんか？」

『そうだね、できれば外がいい。だれにも聞かれたくないからね』

つまり屋敷の中ではだれかに聞かれてしまう、ということか。加納はたびたび波多野家での暮らしを春己に報告させるが、毎回メールでやりとりしたがる。最初は加納にも都合があるのだろうとしか思わなかったが、いつもなので、電話の方が早いのに――と疑問に感じていた。

人の話を立ち聞きするような使用人は、波多野家にはいないと思うのだが、加納が外がいいと言うなら仕方がない。よほど人には聞かれたくない話をしたいのだろう。

「わかりました。いまから外に出ます」

『申し訳ないが、私に会うことはだれにも言わないでくれないか』

「…………はい」

なぜそうしなければならないのか聞きたかったが、会ってから説明してもらえばいいと思い、春己は通話を切って部屋を出た。

まず吉川を探す。施錠されている門を開けてもらわなければならない。春己は開け方を知らなかった。昼間は門の内側にある詰所に警備員がいるが、秀人が帰宅したあとは無人になる。その後、朝までの警備は、屋敷内のモニタールームで防犯カメラの映像を見ながら、ということになるらしい。

一階の廊下で吉川を見つけた。

「吉川さん」

「なにか御用ですか？」

振り向いた吉川は、まだスーツ姿だ。執事という仕事は大変だなと、つくづく思う。

「……あの、ちょっと外に出たいんですけど……。門の鍵を開けてもらってもいいですか……？」

「外、ですか？　こんな時間に？」

吉川はかすかに驚いた目をした。当然だ。こんなことを言い出したのははじめてなのだから。

「散歩、したくなって。庭じゃなくて、その、近所をぶらっと……」

「お一人で？」

「……そうです」

まっすぐ吉川の目を見て嘘をつくのが心苦しく、春己は視線を逸らした。何事も鋭く、ときおり、ただの執事ではないのではないかと思わせる吉川が、こんな言い訳を信じてくれるのか——と不安になる。

だが、「わかりました」と吉川は了解してくれた。

「えっ、いいんですか？」

「いいですよ。ただ、時間が時間ですので、三十分以内に戻ってくると約束してください」

「はい、それは、大丈夫です」

加納の話がなにかわからないが、三十分もあれば終わるだろう。

吉川は玄関の鍵を開けてくれ、春己の背中をそっと押して「行ってらっしゃいませ」と送りだしてくれた。夜の庭は幻想的な美しさに満ちていた。点々と明かりがともり、バラ園を照らしている。門までの道には等間隔に古い水銀灯が立ち、足元を明るくしてくれた。数十メートルを進むと、鉄製の格子状の門が見えた。春己が近づくと、カチッとロックが外れる音がする。どこかの監視カメラで様子を見ていた警備員が、吉川の指示で解除してくれたのだろう。

そっと門を押し開ける。ギギギ…と、かすかな軋《きし》み音とともに門が開き、春己は外に出た。きちんと門を閉めると、またカチッと音がする。ロックがかかったのだ。春己は締め出されてしまったかのような心もとなさを感じた。みずから出てきたのに。

絶対に三十分以内に戻ることを心に決めて、春己は歩きだした。携帯端末を見れば、いつの間にかメールが届いている。加納の現在地を知らせる内容だった。その通りに歩いていくと、高級住宅街の静かな道端に、闇とおなじ色をした高級車が停車していた。

春己が近づいていくと、後部座席の窓がするすると開く。加納が顔を見せた。

「乗りなさい。中で話そう」

春己はそのドアを開けて、中に入った。ひさしぶりに会う加納は、あいかわらずお洒落なスタイルだ。クリーム色のスーツが似合う五十代の男なんて、そういないだろう。

「ちゃんと出てこられたようだね」

「はい、大丈夫でした」

「いつもメールでやりとりはしているが、会うのはひさしぶりだ。とても元気そうだね」

「波多野家の人たちはとてもよくしてくれます。秀人さんはもちろん、執事の吉川さんも、章人君もみんないい人ばかりです」

誇張して報告しているつもりはまったくない。波多野家での生活はいまのところ快適だった。ただ章人のケガがよくなって学校に復帰したら、春己は昼間なにをして過ごせばいいのだろうか。章人と秀人が帰ってくるまでの時間がものすごく暇になる。吉川に頼んでなにか仕事を与えてもらえばいいだろうか。

「その後、秀人との仲は進展したかな？」

「お、おやすみのキスを、してもらえるようになりました」

恥ずかしかったが、正直に報告した。頬を染めて告げる春己を、加納が眉間に皺を寄せた顔で見つめてくる。

「おやすみのキス？」

「はい、毎晩、寝る前に」

「それだけか？　たったの？　おまえは何日間も、いったいなにをしてきたんだ？」

「えっ……………」

いきなり厳しい口調で責められて、春己は動揺した。

「とうに一度くらい抱かれているかと思っていた」

「……だ、抱かれ……っ？」

茫然とする春己に、加納が苛立たしげにため息をつく。

「まさか、まったく進展していないとは思ってもいなかった……。おまえは秀人の相手をするために波多野家に入ったんだろう。生まれつきのゲイで、以前から秀人のことを好きだったなら、積極的に迫ってとうに体の関係くらいできていると思っていた。籠絡《ろうらく》するのも時間の問題と期待していたのだが……」

春己は加納がなにを言っているのか、理解できなかった。あまりのことに言葉が出てこない。

「おまえはどういうつもりで毎日を過ごしているんだ？　私をバカにしているのか？　もっと積極的に迫れと言っただろう」

加納は本気で責めている。車内の空気が一気に重くなったようだ。こんな加納ははじめてだ。いつも春己には優しくて、静かに話を聞いてくれる人だったのに。

「さっさとその体を使って秀人を籠絡しろ。あの生意気な若造を言いなりにできるくらいに夢中にさせろ」

「ろ、籠絡…って、無理です、僕には……！」

「なぜできない。おまえはゲイなんだろう」

「僕はたしかにゲイですけど、その、なにも経験がないですし、どうやって夢中にさせればいいのかなんて、なにもわかりません……」

「経験がない？　まったくないのか？」

春己が頷くと、加納がチッと舌打ちして、さも忌々しそうにため息をついた。反射的に体を竦《すく》ませてしまう。

加納が自分に対して舌打ちをする日がくるなんて、いまのいままで想像したことがなかった。望む通りのことができない春己に呆れただけでなく、本気で怒ったのだろうか。

「仕方がないな、こんど理由をつけて家に戻ってこい。その道のプロを用意しておく。きっちり仕込んでもらえ」

「…………えっ…………？」

プロ？　仕込む？　いったいなにを？

「なんだそのバカ面は。おまえが未経験なら、教えてくれる教師を用意すると言っているんだ。ありがたいと思え」

言葉の意味がわかるまで、春己はしばらく時間が必要だった。理解することを脳が拒否したのかもしれない。それほど常軌を逸した言葉だった。

「そ、それって……僕に、好きでもない人と、しろってこと……ですか……？」

まさか、そんなの嘘でしょ、と震える声で問うと、加納は「なぜ嘘を言わなくちゃならない」と氷のように冷たい声を出してくる。

「なにも知らないのなら教えてもらえ。簡単なことだろう」

簡単じゃない。全然、まったく、簡単なんかじゃない。どこのだれだか知らない人といきなりセックスなんて、春己にできるわけがない。

「嫌です、できません」

震える声で拒絶した。

いま好きな人は秀人だ。彼と触れあえる日が来るかもしれないと夢を見るだけでいっぱいいっぱいになるほどの、初心《うぶ》な春己だ。おやすみのキスだけで満足しているレベルなのに。

「バカ者。おまえに拒否権などない」

「できませんっ」

絶対にできない。加納に恩はあるけれど、こんな理不尽な命令はきかなくてもいいと思う。

ぎゅっと膝の上で握りしめた春己の拳を、加納がちらりと見遣る。

「やれ」

「嫌です」

「では、プロに仕込まれるのが嫌なら、自分でなんとかしろ。薬を使って秀人を前後不覚にして上に乗るか？　既成事実をさきにつくるという方法もある」

「……な、なにを、言っているんですか……っ」

「そのさいは、映像に残せ。証拠が必要になる場合があるからな」

とんでもなく恐ろしい提案をしてくる加納に、春己は絶句した。

「そのさいに必要な機材があるなら言いなさい。携帯があれば事足りるだろうが、レコーダーでもカメラでも、なんでも取り寄せよう。とにかく、あきらかに未成年で、見ようによっては十七歳以下にも見えるおまえと性行為をしたという事実がほしい。それさえ手に入れば――」

加納の目に、ほのかに暗い喜びが浮かんでいた。

――怖い。

はじめて加納を怖いと思った。

「……最初から、僕に、そんなことをやらせるつもりだったんですか……？」

怖々《こわごわ》と、否定してほしいと望みながら問いかけると、加納は目を眇《すが》めて酷薄そうに笑った。心がしんと冷えていく感覚を、春己ははじめて味わった。加納は波多野ホールディングスの執行役員だが、秀人の味方ではないのだ。

「そんなものを手に入れて、秀人さんになにをするつもりですか」

「そんなことは、知らなくてもいい。おまえは私の言う通りにしなさい」

加納は春己を息子だなどと思っていない――。そう感じた。

一人暮らしをしていたボロアパートに現れた加納は、春己に優しくしてくれた。加納家に迎えてくれた。両親の墓を立ててくれた。養子にしてくれた。

だがそれはすべて、自分を利用するためだったのだ。

騙されたと腹は立たない。春己はただ、悲しかった。

「……すみません。できません……」

春己の頑《かたく》なな態度に、加納がまたため息をつく。

「そのくらいやれなくてどうする。私がなんのためにおまえを引き取ったと思っているんだ。役に立つと見込んだからこそ、家に入れたんだぞ。生活に困窮しそうだったおまえは、おおいに助かったはずだ。ここで恩を返せ」

「恩は、なんらかの形で返したいとは思っています。でも……これはできません」

秀人が本当に春己のことを愛してくれて、体を求められるのならば拒まない。躊躇いはあるが、秀人にならなにをされてもいいと、体を差し出すだろう。だがそれは加納に強制されることではない。

「まあいい、時間を与えてやるから、なにが得策か、よく考えてみろ」

「考えても一緒です」

「そうか？」

加納はふんと鼻で笑った。なぜ加納から余裕が感じられるのかわからない。そのうち春己が言いなりになると思っているのか――。

自分の存在が秀人の邪魔になっているとしたら、春己はどうすればいいのだろう。波多野家から出た方がいいのなら、春己は迷うことなく荷物をまとめる。もう加納家には戻れないが、一人でなんとか生きていくことはできるだろう。

「……言っておくが、私から逃げることは許さない。せっかく立てた両親の墓を壊されたくないだろう？」

高圧的ではない口調だったが、春己の反抗心をぐっと抑えつける効果があった。

両親の墓は人質のような存在になってしまった。『小杉家の墓』と刻まれた墓石を見たときの感激は、まだ薄れていない。これで父と母も安らかに眠れると安堵したのだ。

あの墓がなくなってしまったら、両親の遺骨はどうするのか。また位牌と一緒に春己が持ち歩くことになるのか。そばに置いて生活することは構わないが、墓という安住の地を失う両親のことを思うと切なかった。

「また連絡する。決心がついたら、おまえからも連絡してこい。もし薬が必要なら、いつでも渡せるようにしておく」

話は終わった、と加納が言っても、春己は動けなかった。運転手が車を下り、ぐるりと回りこんで後部座席のドアを開け、春己を引きずり出す。ドアが閉まる寸前、加納が前言を撤回してくれないかと縋《すが》るように見つめたが、もう春己にちらりとも視線を投げかけはしなかった。

春己を夜道に残して、黒塗りの車は静かに走り去っていく。見えなくなるまで春己はその場に立ち尽くした。加納に言われた言葉が頭の中をぐるぐると回っている。加納の態度がなぜ豹変したのかと疑問も渦巻くが、そもそも春己に優しかった加納の方が虚像だったのだ。最初から利用するつもりだったのだ。

信じられない。悪い夢であってほしい。けれど、これはきっと現実だ。

体中から力が抜けていくようで、春己はよろよろと道端にしゃがみこんだ。両親の顔と、加納の顔と、秀人たちの顔が交互に脳裏を駆け巡る。

加納は決心がついたら、と言ったが、考えるまでもなかった。秀人を騙すことなどできないし、初心者の自分に色仕掛けができるほどのテクニックはない。薬を使うなんてもってのほかだ。好きな人に、卑劣な行為などできるはずがない。

章人とは友達だし、吉川はとてもよくしてくれた。加納になにを命じられても、波多野家のだれかを陥れる行為などできるわけがない。

両親の墓は諦めるしかない――。せっかく供養できたと喜んでいたけれど。

「……ごめんなさい……」

お父さん、お母さん、不甲斐ない息子でごめんなさい。

でも秀人を好きだから、章人も吉川も好きだから、だれも裏切ることなどできない――。

どれくらいそうしてしゃがみこんでいただろう。足が痺《しび》れてきて、吉川に三十分以内と言われていたことを思い出し、ゆっくりと立ち上がった。

よろよろと波多野家の門を目指して歩きながら、胸が苦しくて苦しくて、目の奥が熱くなった。はやく部屋に戻りたい。ベッドにもぐりこんで、思い切り泣きたいと思った。

「戻ってきました」

警備員と連絡を取り合っていた吉川が無線を切り、秀人に報告してくる。耳に差していたイヤホンを抜き取ると、秀人はため息をついた。片手で額を押さえ、デスクに肘をつく。

いま春己がどんな気持ちでいるのか想像するだけで、胸が潰れるように痛い。そして春己をそこまで苦しめている加納に、腹が立って仕方がなかった。

春己と加納の会話を盗聴していた。いきなり外に出たいと言い出した春己の背中に、吉川は超小型の盗聴器をつけたのだ。受信機と距離があると明瞭な言葉は聞こえにくくなる。警備員の一人に受信機を持たせ、春己に気づかれないよう尾行させた。そんなに遠くまで移動しなかったのが幸いして、受信機を中継して屋敷内の秀人と吉川のもとへすべての会話が届けられたのだ。

「加納の野郎……」

品のない言葉だとわかっていて、秀人は呻《うめ》くように悪態をついた。

「いったいなんなんだ、あの男は。あんな、ろくでもない男が春己君の保護者なのか？　プロとはなんのプロだ？　薬を使って既成事実？　とんでもない！」

徐々に激高してきた秀人に、吉川が「落ち着いてください」と宥めてくる。

「これが落ち着いていられるか！」

椅子を蹴って立ち上がり、書斎の中を忙《せわ》しなくぐるぐると歩きまわりはじめる。あまりにも腹立たしくて苛々して、じっとしていられなかった。

「加納はクビだ。役員など辞めてもらう。あんなクズに役員報酬など払いたくない！　一刻も早く春己君の保護者ではなくなってもらいたい！」

「旦那様」

「すぐに弁護士を呼べ。春己君を明日にでもうちが正式に引き取れるようにしろ。加納のもとには帰さない。あの子は私が面倒を見る。章人もきっと賛成してくれるだろう」

「それは構いませんが、春己様の意思の確認もしてください」

「拒むはずがないだろう」

絶対の自信がある。秀人がそう言い切ると、吉川は片方の眉だけをくっと器用に上げて、「そうでしょうか」と意味深な表情をした。どうしてそんな反応をするのか。春己が秀人を慕っている以上、加納家より波多野家を選ぶに決まっているのに。

「おまえは春己君が嫌がると思っているのか？」

「春己様は旦那様に保護者になってもらいたいわけではなさそうなので、どうなのかな……と疑問に感じたまでです」

そう言われると、たしかにそうだ。春己に今後どうしたいのか確認する必要があるだろう。だがその場合、こちらが加納の思惑を知っていることを打ち明けなければならない。そして秀人のカミングアウトが嘘だったということも……。

立ち止まり、黙りこんでしまった秀人を一瞥《いちべつ》し、吉川はドアへと向かった。

「私は春己様から盗聴器を回収してきます」

吉川が書斎を出ていく。その後ろ姿を無言で見送り、秀人はまたため息をついた。のろのろとソファに歩み寄り、どすんと腰を下ろす。ローテーブルには対戦中のチェス盤が置かれたままだ。

盗聴した会話の中で、春己は「おやすみのキス」について照れた声音で加納に報告していた。昨夜もした。何回目だったか、もう数えることをやめた。額へのキスに抵抗はまったくなく、むしろ物足りないほどだ。

軽く目を閉じてキスを待つ春己は、身悶《みもだ》えするくらいに可愛い。いっそのこと、そのピンク色の唇にキスをしてしまおうかと、昨夜はいけない衝動が湧き起こった。きっと春己は嫌がらない。むしろ待っている――ように見えた。

あんなに可憐で初心な春己に、加納はなんと酷《ひど》いことを命じるのか。

プロに仕込ませる発言は衝撃的だった。春己の無垢な体を、いったいだれが蹂躙《じゅうりん》するというのだ。体だけでなく、春己は心も踏みにじられるだろう。とんでもない。本当にとんでもない。絶対に春己をそんな目にあわせたくない。

だれにも、春己の体に触れさせたくない。触れてもいいのは――自分だけだ。

「あの子は、私のものだ――」

そう、春己は最初から秀人のものになるためにここに来た。

吉川が指摘したように、春己は秀人を保護者として求めているわけではない。恋人に……さらに伴侶になるために、波多野家に来たのだ。

もう認めなくてはならない。自分に正直になって、春己を守ってやらなければならない。

思えば、初対面から印象はよかった。一途な瞳で見つめられて、心がざわついた。その日の夜、この書斎にパジャマ姿でやってきた春己に、秀人は目を奪われた。チェスの対戦は楽しかった。毎晩の逢瀬《おうせ》は——そう、あきらかに秀人の感覚では、自覚がなかったが逢瀬だった——癒しだった。一日の疲れが、春己の顔を見るだけで吹き飛んだ。おやすみのキスなんてものをしてしまったのも、春己が愛しくてならず、衝動が抑えきれなかったからだ。

嘘のカミングアウトが、まさかこんな結果に繋がるなんて、数カ月前の自分には思いもよらなかったが、もうこれは運命だと諦めよう。流れに逆らっても、きっとなにもいいことなどない。

さっさと潔く認めて、春己の身も心も手に入れなければ。

加納がとんでもない計画を実行する前に……。

秀人が秘かに決意を固めていると、ドアがノックされて吉川が入ってきた。

「盗聴器は無事に回収できました」

「春己の様子はどうだった？」

「………顔色が悪かったので、あたたかいミルクを運びました。私の前で泣きだすかと思いましたが、我慢していました」

ますます加納への怒りと憎しみが増していく。春己をそんなにも傷つけて悩ませている。加納に制裁を加えなければ我慢できない。

「やっぱりクビだ」

「加納ですか？」

「ほかにだれがいる」

秀人が鼻息も荒く言い切ると、吉川が「ふむ」と思案する顔つきになった。

「旦那様はすぐにでも加納を切り捨てたいでしょうが、ここはしばらく泳がせましょう」

「そんな悠長なことをしていたら、春己君が……」

「加納と接触させなければ、ただちに春己様の身に危険が迫ることはないでしょう。加納はすこし泳がせて、そのあいだに問答無用で更迭できるほどの証拠を揃えます。いくつか背任行為をしている模様ですから。ついでに加納の家庭も壊しますか」

淡々と吉川が怖いことを言っている。表情はほとんど変わっていないが、もしかしたらこの冷静な執事も怒っているのかもしれない。

「吉川」

「はい」

「おまえ、本当にただの執事か？」

苦笑しながら問いかけると、吉川は片方の眉をくっと上げた。

「執事ですが、なにか」

澄ました顔でポケットから携帯端末を出し、どこかへ指示を飛ばしたのだった。


ダイニングテーブルについた春己を見て、章人が眉をひそめた。眠れない一夜を過ごした春己の顔色は悪い。なにか言われるだろうと覚悟していたので、春己は落ち着いていた。

「春己さん、具合でも悪い？」

「寝不足なだけだよ。昨夜、考え事をしていたら眠れなくて……」

これは本当だ。加納からとんでもない提案をされた衝撃で安らかな眠りは一切訪れず、春己は一晩中あれこれと考え続けていたのだ。

「なにか悩みごと？」

「……ちょっとね」

加納との会話の内容を章人の耳に入れるわけにはいかない。口をつぐんだ春己に懊悩《おうのう》を話す気がないと感じたのか、章人はそれ以上つっこんではこなかった。気遣わしげな視線を送ってきてはいたけれど。

そんな章人に、春己は申し訳ないと思う。良家の子息ながら偉ぶったところがなく、章人は明るくて優しい。長く付き合っていける友人になれたらいいと思っていたけれど、たぶんもう終わりになる。

終わりにしなければならない。波多野家には迷惑をかけられないからだ。

加納の思惑通りにはできない。させてはいけない。当然のことながら、一晩中考えても結論は変わらなかった。

「吉川さん」

章人のコップにオレンジジュースを注いでいた吉川が「はい」と振り返る。

「秀人さんはもう出かけました？」

「ついさきほど。朝一の会議が予定されているそうです」

教えてくれてありがとう、と吉川に礼を言い、ひとつ息をつく。

今晩、書斎で会えるだろうか。

一晩中考えて悩んで、春己は波多野家を出ていく決心をした。できればすぐにでもここを出ていったほうがいいのだろうが、もう二度と会えないかもしれない秀人に一言でいいから挨拶がしたかった。

今晩、秀人に書斎で別れの挨拶をしよう。そして、明日中にここを出ていく。そう決めた。

出ていったその足で加納家へ戻り、加納と話し合おう。両親の墓を立ててくれて、一時的とはいえ孤独だった春己の家族になってくれた。この恩は一生かかってでも、なんらかの形で返していくつもりだ。

だが、秀人を陥れる駒にはなれない。彼を本当に大好きだから。章人と吉川のことも好きだから。

秘かに憧れていた人と、短いあいだだったけれど一緒に住めてよかった。秀人と二人きりの至福の時間は、心に刻んで忘れない。おやすみのキスのあたたかさも、忘れない。この思い出だけでもう十分だ。

「春己様、パンのおかわりはいかがですか？」

吉川がパンの籠を手に聞いてくる。焼きたての天然酵母のパンは美味しいけれど、寝不足の上、胸がいっぱいであまり食べられない。けれど最後から二番目の波多野家の朝食だと思うと、断るのがもったいないような気がして「ひとつだけください」と言ってしまい、丸いパンをもらった。吉川がトングで春己の皿に置いてくれる。てのひらサイズのパンは、触るとあたたかい。二つに割れば、ふわっと湯気が立ち上った。香ばしい、いい匂いがする。

しあわせの象徴のように感じて、春己は涙ぐみそうになるのを必死でこらえた。

書斎に現れた春己は、いつものようにシルクのパジャマ姿だった。だが吉川から報告を受けた通り、顔色が悪い。たった一日でずいぶんやつれてしまったようだ。

無理もない。信頼していた保護者からあんな命令をされて、平気でいられる方がおかしい。

「あの、秀人さん………」

「なんだい？」

加納と春己の会話は知らないことになっているわけだから、秀人は顔に出してはいけない。春己がかわいそうで、抱きしめて慰めてあげたい衝動と戦わなければならなかった。

いまだかつて、他人に対してこんな衝動を抱えたことはない。過去の恋人たちを本当の意味で愛していなかったのだと、いまになってわかった。

「僕、明日、一度加納の家に戻ります」

「えっ……」

手に持っていたウイスキーのグラスを落としそうになる。不意を突かれて、思わず慌ててしまった秀人の前で、春己は穏やかな笑顔だった。もうすべてを決めてしまった顔だ。

「戻る？　どうして？」

まさか加納の要求を呑んで、どこのだれだかわからない男にその身を任せるつもりなのか。

「義父《ちち》に話があるので……」

「話？　話をするだけか？」

「そうです。しばらく向こうに滞在するかもしれませんん」

笑顔を向けてきた春己に、秀人は焦燥感を抱いた。もう戻ってこないつもりかと、その透明すぎる笑みから察せられる。事情はすべて知っている、ここにずっといればいいと言いたい。

だがそのあとはどうなるだろうか。なぜ知っているのか説明できるか？　盗聴していたと打ち明けられた春己が、笑って許してくれるとは思えない。潔癖なところがありそうな春己は、卑劣な行為に嫌悪感を抱くかもしれない。

怖気《おじけ》づいている自分に、秀人は愕然とした。相手は十九歳の未成年、十歳以上も年下だ。ほとんど社会経験もないような青年を前にして、天下の波多野ホールディングス社長がなにを怯《おび》えているのだろうか。

それほど、いつのまにか秀人にとって春己はなくしたくない、傷つけたくない存在になってしまったということか――。

「春己君……」

「はい」

ローテーブルの上のチェス盤を見下ろしていた春己が、秀人を振り返る。邪気のない目だった。

「私たちは、以前どこかで会ったことがあると思うのだが……」

加納がそれらしいことを言っていたが、秀人にはそんな記憶がない。気になっていた。覚えていないなんて、春己に申し訳ないような気がして、いままで聞けなかった。

「思い出してくれたんですか？」

春己が目を見開いて、瞳を輝かせた。これはよほど印象的な邂逅《かいこう》だったらしい。申し訳ないが覚えていないと、これは早めに自己申告した方がいいだろう。

「あの、私は……」

「僕、あのとき会社の制服のつなぎ姿だったし、キャップもかぶっていたから、秀人さんは僕だとわかっていないんじゃないかって思っていました」

つなぎ姿？　キャップ？

「あのころ、清掃のアルバイトをはじめたばかりだったんです。アルバイト自体がはじめてだったんですけどね。だからトラブルがあったときにどう対処すればいいのか、まったくわからなくて、とっさに機転をきかせることができなくて、秀人さんが通りかからなかったらきっと悲惨なことになっていました」

春己はにこにこと満面の笑みだ。どうやら春己は以前、清掃のアルバイトをしていてトラブルにあい、そこに自分が通りかかったらしい。もしかして、清掃とはオフィスビルのメンテナンス関係で、波多野グループのどこかのビルで遭遇したのだろうか。きっとそうだ。そして秀人は春己をなんらかの形で助けたのだろう。

どうして覚えていないのか、秀人は自分の記憶力のなさに歯噛みした。いくら数学を覚えていられても、肝心のことが記憶に留まっていないのなら意味がない。

「秀人さん、社員を叱ってくれて、すごく格好よくて……」

ふふふ、と春己は笑いながら頰をきれいなピンク色に染める。伏せたまつげがかすかに震えていた。

「それ以来、ずっと憧れていました。仕事の最中に運よく秀人さんを見かけることができた日は、最高の気分で数日を過ごすことができるくらいだったんです」

春己が口先からの出まかせでそんな太鼓持ちのようなことを言っているとは思えない。これは本当だろう。なんて安上がりな幸福だろうか。

可愛い。抱きしめて抱きしめて、そのピンク色をした頰にキスしたい。おなじ色の唇にもキスをしたい。顔中にキスをして、ぎゅうっと抱きしめて、そして――そして春己を。

秀人は腹の底からこみあげてくる劣情に驚いた。同時に感心もした。もう何年も忘れていた、こんな感覚。春己とこうして向き合っているだけで、熱いものが溢れてくる。生活のすべてが仕事で埋め尽くされ、すくない私生活は章人への関心だけに使われていたのに、いま頭の中のほとんどが春己に染められている。

ここまで自分を変えたのは、春己なのだ。健気《けなげ》で、控え目で、一途に自分を想ってくれている、一人の青年。この子を手放したら、自分はきっと一生後悔するだろう。仕事だけの味気ない人生を送ることになるのは、目に見えている。

「本当に、明日、加納の家に戻るのか？　用事が済んだらすぐここに帰ってくる？」

秀人の問いに、春己は儚《はかな》く微笑んで「はい」と頷く。秀人は唸《うな》りそうになった。

覚悟の「はい」だ。加納の命令に従えば、春己の心は壊れるかもしれない。命令に逆らっても、春己に待っているのは輝く未来ではない。加納を怒らせて、無事に済むとは思えないからだ。加納にとって、春己はただの駒であり、なんら情を傾ける存在ではない。

「できるだけ早く帰ってきてくれ。章人が寂しがる」

「そうですね。できるだけ」

ちがう、寂しいのは章人ではない、自分だ。だがそんな女々しいセリフを、ここで吐いてしまってもいいのだろうかという躊躇いがあった。春己にとって、自分は窮地に陥ったときに助けてくれた正義の味方だからだ。弱みを見せるのは、もうすこし接近してからにしよう。いまではない。

「すぐに帰ってくるなら、駒は、このままにしておこうか」

チェス盤はゲーム途中のままになっている。春己が帰ってこなければ、秀人は二度とチェスなどしない。したくない。春己との対戦は楽しかった。ポーカーフェイスができない春己は、いちいち表情で心情を語るから、見ているだけで面白かったのだ。

「でも……章人君とはしないんですか？」

「章人とやるより、私は君とやりたいんだ」

正直な気持ちを告げると、春己は嬉しそうな笑顔になった。けれどすぐに笑顔は陰ってしまう。春己には先の約束ができないのだ。春己の方から事情を打ち明けてくれないかと祈ったが、一切、口に出すことはなかった。

その夜、チェスはしなかった。ぽつりぽつりと言葉を交わしているだけで時間が過ぎ、春己は「おやすみなさい」と書斎を出ていこうとする。秀人はドアのところまでついていき、習慣となっているおやすみのキスをした。

白い額にかるく唇を触れる。それだけで幸せそうに口元を綻ばせる春己が愛しくてならなくて、衝動的に抱きしめていた。

「ひ、秀人さん…？」

びっくりしている春己の唇を、秀人は唇で塞いだ。驚きで固まっている春己の華奢な体を抱きしめる。腕の中にすっぽりとおさまるサイズの体は、とんでもなく抱き心地がよく、柔らかな唇は蕩《とろ》ける様に甘かった。

最後の自制心でもって舌を入れることはしなかったが、唇を甘噛みしてみる。瞬間、びくんと春己の背中が震えて、宥めるためにそっとてのひらで撫で下ろした。顔を離すと、春己の目がとろんと潤んでいる。腕を離したら倒れてしまいそうだったので、なかば抱えるようにして部屋まで送った。歩けるようになるまで書斎に留め置いてもよかったが、もうこれ以上、二人きりでいない方がいいと判断した。秀人は自分が信用できなくなっていた。なにか無体なことをしてしまいそうで、そそくさと春己を客室に押しこむ。

「おやすみ」

最後にもう一度、額にキスを落として、まだ茫然としている春己の前でドアを閉じた。

書斎に戻ってから、グラスにウイスキーを注ぐ。立ったまま一気に飲み干し、アルコールが喉を焼く刺激を受け入れた。

「ああもう、なんなんだ、あの可愛さは！」

だれも聞いていないとわかっていて、声に出してみる。ウイスキーを注《つ》ぎたして、こんどは氷を落とした。グラスを手にソファへと歩いていき、チェス盤を眺める。

「………決着をつけよう」

そして、なにもかもを手に入れる。それが波多野家の当主として、波多野ホールディングスの社長としてふさわしい勝ち方だと思った。

翌日、春己は一人で加納家に戻った。

吉川が波多野家の車を出してくれ、タクシーを使わずに済んだ。二度と波多野家に帰れない覚悟だったが、春己は手ぶらだった。荷物はすべて置いてきた。衣類の量が多いので簡単にはまとめられないし、荷造りしてしまってはもう戻ってこないつもりだと知られてしまう。ジャケットのポケットに携帯端末だけ入れている。

今朝、章人に卒業アルバムを託した。なにが起こるかわからないから――とは言えなかったが、大切なものだから、預かってほしいと。章人は快く引き受けてくれた。その場に吉川もいたので、しっかりと管理してくれるだろう。

「春己さん、お帰りなさい」

富士子が玄関で出迎えてくれた。ふくよかな体と穏やかな笑みに、春己はいつも母親のあたたかさを感じて癒された。この人は夫の思惑を知っているのだろうか。知っていてこの態度ならば、春己はとうぶんのあいだ、人間不信になりそうだと思った。

「ただいま戻りました。加納さんは？」

「座敷で待っていますよ」

古い日本家屋の加納家の中を、春己はゆっくりと進み、座敷へたどり着いた。突然戻ると連絡を入れたのは今朝だ。それでも加納が待っていてくれたのは、ミッションの成果を聞きたいからだろう。

なんだかんだと抵抗していた春己だが、秀人に好意を抱いていて加納に恩がある状態では逆らえきれず、なんらかのハニートラップを仕掛けて成果を上げたと期待しているかもしれない。

座敷の襖《ふすま》の前で膝をつき、春己はかつてここで教えられた通りに、まず声をかける。

「春己です。ただいま戻りました」

「入りなさい」

加納の応えがあって、春己は両手で静かに襖を開けた。今日の加納は藍染の着物を着ていた。

畳の縁《へり》を踏まないように座敷に入り、春己は上座に座る加納の、座卓を挟んで反対側に座った。

「僕の突然の帰宅に合わせてくださって、ありがとうございます」

「話があるんだろう？　なんだ」

加納は一刻も早く結果報告をしてほしがっている。だから春己は簡潔に言ってやった。

「秀人さんとはなにもしていません。今日を限りに二度と会うつもりもありません。加納さんへの恩の返し方は、これから考えていきます」

「はあ？　なんだ、それは。私はそんな話を聞くために待っていたわけじゃない」

加納の表情が険しくなり、まとった空気が禍々《まがまが》しくなっていく。

「私は迫れと命じたはずだ。必要なら薬も用意すると言った。それなのになにもしていないとはどういうことだ」

「迫りませんでした。たとえ迫ったとしても、僕には完遂は無理だったでしょう。もちろん、その道のプロに仕込んでもらうなんて行為も、絶対に無理です」

「わがままを言うな。無理でもやるんだ。やらなければ、おまえを引き取った意味がない。なんのために墓まで立ててやったと思っているんだ。おまえが使えそうだと思ったから、金を使って磨き、写真を撮った。それなのにおめおめと帰ってきたのか。この役立たずが！」

加納の手が座卓をバシッと叩く。優しい保護者の仮面を脱ぎ捨てた加納は、ただの暴君だった。

このために引き取ったと明言されても、もう春己は傷つかなかった。

「役立たずで結構です。そもそも、加納さんはどうして秀人さんを陥れようなんて考えたんですか？それこそ意味がない。秀人さんが万全でなければ、波多野ホールディングスも揺らぐかもしれないじゃないですか。加納さんは役員ですよね。会社が傾いたら困るのは、加納さんです」

春己の反撃を、加納は鼻で笑った。

「波多野ホールディングスほどの規模の組織が、トップが入れ替わったからといって揺らぐわけがないだろう。たしかに秀人はよくやっている。このご時世にわずかながらも成長しているわけだからね。だが、このままあの男がトップでは、私は一役員に過ぎない存在で終わってしまう。私はいま以上に私を引き上げてくれる人についていきたいだけだ。なにも知らない子供が大人の世界に口を出すんじゃない」

「その子供を巻きこんでいるのは加納さんです」

「うるさい！」

また座卓が叩かれる。一見、温厚そうな加納だが、じつは気が短いのかもしれない。

「あの……あなた、どうなさったの？」

襖がそっと引かれて、富士子が顔を覗かせた。ふくよかな顔に困惑を滲ませている。春己と加納を交互に見遣りながら、座敷に入ってきた。

「おまえは向こうへ行っていろ」

「でも、春己さんをそんなに怒鳴って……」

「口を出すな！」

加納に睨まれて顔色を悪くしている富士子の様子から、事情を知らされていないのだと察した。よかった、とその点についてはホッとする。彼女の厚意には裏がなかったのだ。

「春己、とにかく波多野家に戻れ。秀人をたらしこんでこい。薬を持っていけ」

「戻りません。薬は必要ありません」

すでに薬を用意していた加納に、春己ははっきりと嫌悪感を抱いた。

「僕は秀人さんを好きです。実際に会ってみて、いろいろと話してみて、ますます好きになりました。彼が僕を望んでくれるのならば、なにをされてもいいくらいに好きです」

「だったら――」

「気持ちがない行為なんてしたくありません。ましてや、それを取り引き材料にしたり、最悪、脅迫に使うなんてとんでもないです。絶対にできません。秀人さんを好きだからこそ、彼を陥れるようなことには加担できません」

「生意気を言うな。世の中、綺麗事《きれいごと》ばかりではない。私がこの加納の家を維持するためにどれほど大変だったか、おまえにわかるかっ」

「それは、わかりません」

「おまえの両親の墓も、ここに来てからの衣食住にかかった費用も、すべて私が稼ぎ出した金でまかなったんだ。それを否定するのか」

「もちろん、ありがたいと思っています。この恩は一生忘れませんし、なんとかして返していきたいと考えています」

「ねぇ、なにを話しているの……？」

富士子がうろたえた声で割って入ってくる。

「いったいなに？　春己さんのご両親のお墓は、立てて当然だと思ったからしたまででしょう。春己さんの生活費だって、そんなにかかってはいないわ。どうして恩着せがましい言い方をするの？」

加納がチッと舌打ちして、「あとで説明する。いまは出ていけ」と妻に命じたが、彼女は引かなかった。

「それに、秀人さんって、社長の波多野秀人さんのことでしょう？　陥れるとか、薬とか、なにを企てているの？　あなた、なにを考えているの？　春己さんに悪いことをさせようとしているの？」

「だから、あとで説明すると言っている」

「変なことはしないでちょうだい。春己さんを利用しようとするのもやめて。私はいまのままで十分よ。あなた、ねえ、お願いだから……」

「うるさい、黙れっ！」

加納が自分の前に置かれていた湯のみを鷲摑《わしづか》みにして、富士子に向かって投げた。運よく当たらなかったが、中身の緑茶を撒《ま》き散らしながら壁に当たって砕けた。もし当たっていたらケガをしていただろう。真っ青になって呆然としている富士子に近づき、春己は「大丈夫ですか？」と気遣った。

「加納さん、危ないことはしないでください。もし当たっていたら大変なことになっていましたよ」

「おまえはこんなところでぐずぐずしていないで、さっさと波多野家に戻れ！」

「嫌です。もう戻らない覚悟で出てきました。秀人さんに迷惑をかけたくないから」

「私には迷惑をかけてもいいと言うのか！」

「命令に従わないのが迷惑と言うなら、そうなってしまいます。すみません」

「この、恩知らずめ！」

加納は勢いよく立ち上がると、座卓をぐるりと回ってきて着物の裾を乱しながら片足を振り上げた。

春己は逃げなかった。身構えて衝撃に備えたところに、加納の蹴りが入る。左肩に衝撃を受けて畳に倒れこんだ。すぐに背中も蹴られた。

「やめて、やめて！」

富士子が半泣きで加納をとめようとするが、激高している夫は妻も足蹴にした。ころんと転がった富士子を、春己が抱き起こす。加納がまた足を上げたのが見えたので、春己はとっさに富士子を庇《かば》った。脇腹に蹴りが入って、激痛が走る。一瞬、息がとまった。

「もうやめて、あなた、春己さんになにをするの。私たちの息子になってくれた子よ。これから精一杯、可愛がっていきましょうって、話したじゃないの」

「ふん、そいつは息子なんかじゃない。養子縁組していないからな」

「ええっ？」

声を上げて驚いたのは富士子だ。てっきり養子になっていると思いこんでいた春己も愕然としたが、加納が手続きしていないのを妻が知らなかったことにもびっくりした。

「そんなどこの馬の骨かもわからない子供を、どうして加納の籍に入れなくちゃならないんだ。私はただの保護者であって、父親にはなっていない。養子にしなくてよかったぞ。そいつはゲイだそうだ。汚らわしい。どうせ結婚なんかできなかったんだ。後継ぎがつくれないなら、うちに必要ない」

酷い言葉をぶつけられて、春己は悔しさに震えた。ゲイだと知って養子にしなくてよかっただなんて、そんなふうに思われていたのか。

だったら秀人を陥れるために春己に命じることなど簡単だろう。使い捨てにしてもいいと思っていたら、なにをさせても良心など痛まないだろうし、もし春己が失敗しても関係を断つのは容易《たやす》い。

「ほら、さっさと立て。波多野家に戻れ！」

どうしよう、この場をどうのりきればいいんだろう——。心のどこかで、話し合えばわかりあえると甘く考えていたことに気づいた。決裂したときの対策を、まったく立てていなかったのだ。

ショックに震えている富士子の肩を抱き寄せながら、春己はどうしよう、とばかり頭の中で繰り返した。

「加納、やめろ」

そのとき、この場にいるはずのない人の声が、座敷に響いた。

まさか。聞き覚えのある、この声は、まさか——。

「社長……っ」

驚愕する加納の声が耳に入ると同時に、春己は振り返った。

開け放したままだった襖に手をかけて、スーツ姿の秀人が立っていた。長身なので鴨居《かもい》に頭をぶつけそうだ。すこし屈んで、座敷に入ってきた。どうしてこんなところに秀人がいるのか。そして、どうして秀人の後ろに吉川がいるのか。まるで秘書のようにしれっと澄ました顔で、吉川が座敷に足を踏み入れている。

「ど、どうして社長が……」

加納の顔色が一気に悪くなった。春己と自分の妻を蹴っているところを見られたのだから、当然だろう。

「春己君を迎えに来た。きっと一人では帰れないだろうと思ってね」

秀人はふっと春己に微笑みかけたが、すぐに厳しい表情になって加納を睨みつけた。

「保護責任のある未成年と妻に暴力をふるうとは、最低な男だな、加納」

「こ、これは、躾《しつ》けです。あまりにも私の言うことをきかないので……」

「ほう、躾けか。漏れ聞こえた会話からはとてもではないが、そうは思えなかったが？　薬を使って私をたらしこむとか、そんな話をしていたな。それを春己君が断ったら、きさまが腹を立てて暴力をふるった」

「ボイスレコーダーですべて録音してあります」

吉川が手の中の黒い機械をちらりと見せる。秀人と吉川はいつからここにいて、どのあたりから話を聞いていたのか。

「社長、無断で人の家に侵入し、無断で会話を録音とは、穏やかではないですね。通報されても文句が言えないレベルですよ」

なんとか反撃を試みる加納だが、秀人はあっさりと返した。

「私は無断で侵入したわけではない。きちんと玄関から入ってきて、夫人にここまで案内してもらった。録音しているのは、トラブル回避のためだ。私はいつどこで絡まれるかわからないのでね。通報されるのは、きさまであって、私ではないな」

秀人は余裕の態度で、立ち尽くしている加納の正面で立ちどまった。吉川に片手を伸ばすと、さっと茶封筒が差し出される。Ａ４ファイルの形状のものが入っていると思われる茶封筒を、秀人は加納の目の前で振ってみせた。

「これがなんだかわかるか？　きさまの背任行為に関する報告書だ」

「えっ……」

加納が絶句して固まった。いったいなにがはじまったのかわからず、春己は目を瞬かせて秀人と加納を交互に見る。

「長年にわたって、きさまは私利私欲のために波多野ホールディングスにとって不利益な行為を繰返していた。役員であるにもかかわらず」

「いえ、そんなことは……」

青くなって首を横に振る加納を無視して、秀人は座卓に封筒を放った。叩きつけたわけではないが、バシンと音がして加納が思わず痛そうに顔をしかめる。

「こんどの役員会を待たずに、きさまは退任してもらう。ほかの役員へは私から説明する。その資料を見れば、だれもが納得するだろう」

背任行為というものがなんなのか、春己には想像もつかない。秀人がそこまで言うからには、言い逃れできないほどの証拠が揃っているのだろう。加納には心当たりがあるのか、もう項垂《うなだ》れたままなにも言わなくなった。封筒の中身を見ようともしない。秀人が確たる証拠もなしに、はったりだけでこんなことをするわけがないと、ある意味、信頼があるからだろうか。

「私個人への私怨による企てはまだしも、春己君を騙して利用しようとしたり、妻を足蹴にしたり、きさまは男として夫として最低だ。これ以上、きさまに大切な人間を関わらせたくない。春己君は私が引き取る。いいな」

きっぱりと言い切った秀人に、加納は無言だった。顔を上げようともしない。秀人は富士子を振り返り、おなじことを宣言する。

「今後、春己君は波多野家が責任をもって面倒を見ます」

「…………はい」

富士子は弱々しい頷きで、了解した。

「さて、春己君」

「あ、はい」

「帰ろうか」

秀人が屈んで右手を差し伸べてきた。頼りがいがある、おおきな手だ。この手を取りたい。もう戻らない覚悟で出てきた波多野家に帰れるならば、一緒に行きたい。

けれど、それでいいのだろうか。さっき大切な人間と言ってくれた。加納の仕打ちに絶望していた春己を救ってくれる一言だった。でも、春己が波多野家に行くことで、秀人は迷惑にはならないのだろうか。

秀人が一時の衝動だけで春己の面倒を見ると言っているのなら、きっとすぐに後悔する。好きな人に、引き取らなければよかったと思われたら、それは辛い。そんなことになるのなら、ここで別れた方がマシだ。

「春己様、今後のことは両家の弁護士が話し合います。ここを引き払っていただく必要がありますので、とりあえず貴重品をまとめてもらえないでしょうか」

吉川がしごく事務的な口調で春己を現実に引き戻してくれた。貴重品などあまりないが、両親の位牌は持っていきたい。秀人の手を借りずに立ち上がろうとしたら、両脇に素早く腕が入れられて、ひょいと持ち上げられてしまった。

あっと思ったときには足の裏が畳につき、秀人に抱きしめられていた。深く抱きこまれて息ができないくらいに秀人の胸に顔を押し付けられる。スーツの固い生地がぎゅうぎゅうと鼻を潰して痛かったが、それよりも唖然としてしまって逃れようともがくことすらできなかった。

「春己君、春己君」

「は、はいっ」

「春己君」

「はい……？」

秀人はただ名前を繰り返すばかりで、それ以上なにも言おうとはしない。

「旦那様、そろそろ解放した方がいいと思います。春己様が苦しがっているように見えるのですが」

「ああ、そうか。すまない、つい激情に任せて……」

秀人がぱっと力を抜いて体を放してくれた。見上げた秀人の顔は、どことなく赤くなっているような……。

「春己様の部屋はどこですか？」

「こっちです」

二人を連れて加納家の中を移動する。二階の角部屋が春己に与えられた私室だった。六畳の和室。畳の上にカーペットが敷かれてシングルベッドが置かれている。シンプルなデザインのデスクと書棚があり、書棚の隅に位牌を置いていた。

春己は押し入れからスポーツバッグを出し、貴重品——自分にとっては——を詰めていった。家族のアルバムと両親の位牌くらいしかない。加納に買い与えてもらった衣類はすべて置いていくことにした。波多野家にも加納が揃えてくれた衣類があるが、あれをどうするかは吉川にでも相談しよう。

吉川は入口付近に立って春己の行動を眺めていたが、秀人は窓から庭を見下ろしていた。加納家が先祖代々守ってきた日本庭園が広がっている。たしかにここを維持していくのは、大変だっただろう。だからといって、犯罪まがいのことをしでかしてもいいということにはならない。

「春己君、ひとつ、考えておいてほしいことがあるんだが」

秀人が庭に視線を向けたまま、躊躇いがちに口を開いた。

「なんでしょうか」

「その、私の籍に入るということを」

「えっ？」

いきなりの話に、春己はなにをどう解釈して返事をしていいのかわからなかった。春己が加納の養子になっていなかったから、こんどは秀人の息子になるということだろうか。

「あの……加納さんと養子縁組されていなかったことには驚きましたけど、僕はもうすぐ十九歳ですし、一年とちょっとたてば成人です。いまさらだれかの養子にならなくても、ひとりで生きていけますから、秀人さんがそこまでしてくれなくても……」

「いやだから、そういう意味じゃない」

秀人は苛立った様子で語尾を荒くし、「ううぅ」と低く唸ったあとひとつ息をついた。かたちのいい耳が春己の前でじわっと赤くなっていくのを、訝《いぶか》しく思いながら見守る。

「その、つまり……現在、日本では同性間の結婚は法律で許されていない。したがって、年少者が年長者の籍に入るという方法しかないのは知っているだろう。だから、私の籍に入らないかと言っているんだ」

春己はぽかんと口を開けて棒立ちになった。

まさか、まさか、これってプロポーズ？　結婚してくれないかと、言われている？

たしかに春己は伴侶候補として波多野家に行った。だが多忙な秀人に会うのはなかなか難しく、会えても一日の終わりにほんの十五分ていどだった。まだまだ、おたがいにわかりあえていない部分がたくさんある。それでも、おやすみのキスをもらえるまでには進展した。

この段階で、まさかのいきなり入籍話？

それに波多野家に滞在してみて感じたのは、格のちがいだ。加納の養子となり、加納家のバックアップがあればこそ引け目を感じずにいられたのに、もうそれはなくなる。天涯孤独の庶民である春己が、秀人にふさわしいとは思えなかった。

気持ちは嬉しい。けれど手放しには喜べない。好きな人にプロポーズされたというのに、春己の中には困惑しかなかった。やはり捨てきれないのは春己の境遇への同情が、そう言わせているのでは……という疑いだ。

「……考えてもらえるだろうか」

なにも答えない春己に、秀人がちらりと視線を寄こしてくる。照れたような、不安そうな、苛々しているような、いつも落ち着いて堂々としている秀人には似つかわしくない態度だ。

「……………えっ……と、その…………」

「考えてほしい」

「………」

「どう思う？」

まさかいまここで返事をしろと迫られているのだろうか。無茶だ。ただでさえ昨日から今日にかけていろいろとありすぎて、頭の中はめちゃくちゃになっている。もう二度と秀人には会えないだろうとまで覚悟していたのだ。気持ちの整理をする時間がほしい。

「旦那様、突然すぎたので春己様は混乱しているようです。考える時間を多少なりとも取った方がよろしいかと思いますが。一生の問題ですし」

吉川のアドバイスが飛んできて、春己は彼の存在を忘れていた自分にびっくりした。

「そうか、そうだな」

秀人がふっと肩の力を抜いて、うんうんと頷く。納得した主人を横目に、吉川は春己のスポーツバッグを拾い上げた。「さあ、帰りましょう」と廊下をすたすたと歩いていってしまう。春己はまだ秀人たちと一緒に波多野家に戻ると決めていない。慌てて吉川を追いかけたが、長身の彼は階段を下りると長い足でどんどんさきへ行ってしまう。やっと捕まえることができたのは、玄関で靴を履くときだった。

「待ってください、僕はまだ帰るとは――」

「章人様がとても心配されていますよ」

真顔で章人の名前を出されると、帰りたくないとは言えなくなってしまう。

大切な友達になった章人を悲しませるのは本意ではない。章人がどこまで事情を聞いているかは知らないが、執事である吉川が屋敷を空けてここまで来たからには、あるていどのことは説明されていると思っていいだろう。

「旦那様もそうですが、私も春己様をこれ以上この加納家に置いておくのは心配です。一旦は波多野家に戻っていただけないでしょうか。今後のことは、旦那様と章人様とゆっくり相談した方がいいと思います。必要ならいつでも弁護士を呼べますし」

有能すぎるパーフェクト執事に正論を吐かれて、春己は仕方なく折れた。

「……わかりました。とりあえず、戻ります。でも……」

秀人の籍に入る話はどうすればいいのか、と聞こうとしたが、吉川が春己の背後に向かって声をはりあげた。

「旦那様、春己様が心よくお戻りになると約束してくださいましたよ」

「えっ？」

そんなこと言ってない。啞然としながら振り返ったら、そこには笑顔の秀人がいた。悠然と廊下を歩いてきた秀人は、春己の肩に優しく腕を回してくる。抱き寄せられ、そっと耳の上あたりにキスをされて、もうどう反応していいかわからなくて頭が真っ白になりそうだった。

「さあ、帰ろうか、春己君。私たちの家に」

だからいったい、いつそういうことになったんだと、脱力した春己は引きずられるようにして波多野家の車に乗せられたのだった。

「お帰りなさい」

波多野家の玄関で出迎えてくれたのは章人だった。車から下り立った春己に安堵と歓喜が入り混じった笑顔を向けてくれる。

「章人君……っ」

車椅子に座ったまま両手を差し伸べてくるから、春己も両手を広げて引かれるように歩み寄り、抱きしめた。いままでこんなスキンシップはしていなかったが、もう戻らないつもりだった波多野家でこうして章人に会えて、最高に嬉しかったのだ。

「よかった、帰ってきてくれて」

「章人君、ごめんね、心配かけて……」

「いいんだ、こうして帰ってきてくれたから」

おたがいにぎゅうぎゅうと腕に力をこめてハグしていたら、唐突に首根っこを摑まれて乱暴に引き剝がされた。あれ？　と不思議に思う間もなく、ポイとばかりに体が背後に投げられる。受けとめてくれたのは秀人。春己を章人から剝がして投げたのは吉川だった。

「いつまでくっついているつもりですか。感動の再会というほど離れていなかったでしょう。朝食まで一緒だったんですから」

氷のように冷たい声音で言い捨てられ、春己は少し怯んだ。澄ました顔で吉川は章人の車椅子を押し、中に入っていってしまう。

「あ、春己さん、あとでね」

やや強引に連れていかれながら章人が振り返って手を振る。春己も振り返した。

「春己君……」

こんどは章人よりもたくましい腕でぎゅうっと抱きしめられ、凭れているこれは秀人の体だったと我に返った。離れようとしたが、がっちりと春己を囲いこむ腕は外れてくれない。じたばたしているうちに、髪にチュッと音を立ててキスされた。

「さて、私と今後について話し合おうか」

「あの、もうすこし時間をください。いますぐ結論は……」

「結論を出しにくくしている懸案があったら、私にぶつけてくれていい。なんでも答えよう。大丈夫、すべてについてクリアしてみせるから」

その自信はいったいどこから湧いて出ているのだろうか。プロポーズしてくれたときは、不安混じりのまなざしだったくせに――。

春己の態度そのものが秀人を拒んでおらず、いままでも散々、好意を示していたからだとは、気づいていないのは本人だけだった。

やっとハグから解放されたが、腕を摑まれて書斎へと連行されてしまう。

「さあ、ここに座って」

ソファに座らされ、秀人が横に腰を下ろす。目の前のローテーブルには昨夜のままのチェス盤があった。波多野家のこの書斎で秀人と二人きりで会えるのもこれが最後かと、ひとりで胸を痛ませていた昨夜の悲しみがまざまざとよみがえってきて、泣きそうになってくる。

なんでも答えると言ってくれたのだから、このさいもうすべてをぶつけてしまおうと、春己は口を開いた。

「秀人さん、同情ではないんですか」

「なんのことだ？」

「加納家から追い出されたら僕は一人で孤独に暮らしていく生活に逆戻りです。それがかわいそうだから、籍に入れようなんて衝動的に言ってしまったんでしょう？」

「まさか、そんな一時的な同情のわけがないだろう。籍に入れるなんて、軽々しく言えるものじゃない。私は心から君を欲しているんだ。どこにも行ってほしくない、ここでずっと一緒に暮らしてほしい」

「一緒に暮らすだけなら、なにも籍を入れなくても……」

「いや、関係性ははっきりさせておいたほうがいい。もし、私になにかあったとき、身内とそうでない場合とでは、周囲の対応がまったくちがうからね」

秀人になにかあったときなんて、想像もしたくない。だが普通に生活していても病気をしたり突然の事故にあったりもする。現に春己の両親は交通事故であっけなく世を去った。あのときの喪失感を思い出してしまい、春己はふるっと震える。

「すまない。ご両親の事故を思い出した？」

秀人のおおきな手が肩から背中を撫でてくれる。優しく宥めてくれる手のぬくもりが、心が冷えそうになった春己にはとてもありがたかった。

「つまり、そういうことがいつでも起こりうるから、私としては春己君をきちんとした立場に置いておきたいんだ。ただの同居人では、私がいないあいだに心ない親類に追い出される可能性もある。章人と吉川が守ってくれたとしても、万全ではないから。でも私の籍に入っている、戸籍上は息子の春己君なら、そうおいそれと扱えないからね」

そうか、息子になるんだ……。

春己はいまさらのことに驚いた。秀人の籍に入るということは、息子になること——。なんだか、とっても違和感がある。手続き的には、加納と養子縁組して籍に入るのとおなじなのだ。

「僕は、息子になるんですか……」

「そうだね。日本にいる以上、同性婚においてそれ以外の方法はない。私の息子になるのは嫌か？」

「息子は……嫌かも……」

自分の言い方が意味深だったことに、春己は気づかなかった。

「息子は嫌、ということは、私と結婚すること自体は嫌じゃないんだな？」

「あ、えっ、えっ？」

心の声を言い当てられて、春己はカーッと頬を真っ赤に染めた。耳元で秀人がふふふと笑う。

「可愛いな、本当に」

「いえ、僕なんかべつに、十人並みの……」

「君は可愛いよ。性格の良さが顔に出ている。邪気のない健やかな目もいい。いま思えば、私は写真で一目惚《ひとめぼ》れしていたのかもしれないな」

すごいことを言われて、春己は指先まで赤くした。写真で一目惚れなんて。奇跡のようだ。

「山ほどあった見合い写真の中から君を選んだんだ。どうして目にとまったのかと自分でも不思議だったんだが、君の容姿がそもそも好みで、優しそうな子だと思ったからだろう」

「そんなにたくさん、写真が届いていたんですか？」

「それはそれは山のように、数えきれないくらい。全部、男ばかりの見合い写真がね。それ以前は女性の写真がひっきりなしに届けられていた。私はまだ結婚したいとは思っていなくて、いちいち断るのも面倒臭くなって、ゲイだから結婚しないと嘘をついたんだが、結果はおなじだったな」

「えっ、嘘だったんですか？」

聞き流せない言葉に、春己は弾かれたように振り返った。しまった、という顔で秀人が口を閉じる。

「秀人さんはゲイじゃないんですか？」

「いや、その……」

うろたえている秀人の様子から、これは本当なんだと確信した。さっきまでのほわほわと浮ついていた気持ちが、一気に冷めていく。やっぱり、世の中そんなに甘くない。こんなにうまくいくわけがないのだ。

「どうして、そんな嘘をついたんですか」

問いかけながら、いましがた理由を言っていたと思い返す。結婚する気がなくて、いちいち断るのが面倒だったから――と。そんな理由でゲイだと嘘をついたわけだ。ゲイを馬鹿にしている。

「……ひどい……みんなを騙して……」

春己も騙されたうちの一人だ。ふつふつと怒りが湧いてくる。

「いや、そういうわけじゃなくて、騙すだなんて人聞きの悪い」

「騙したんでしょう？　男なんか好きじゃないのに僕を選んで、自宅に招き入れて、いままた籍に入れる話までして、そんなに女の人と結婚したくないんですか！」

「春己君、だからちがうんだ。私は、本当に君のことを……」

秀人が弁解しようとするが、春己にとっていまさらなにを言われても信じられるものではなかった。

ゲイではない。それがすべてだ。

悔しくて涙が滲んでくる。簡単に騙された自分が惨めだった。

「ああ、泣かないでくれ。春己君」

「まだ泣いていません」

「説明させてくれ。頼むから」

「触らないでください」

肩を抱き寄せようとしてきた秀人の手を払いのけた。傷ついた顔をする秀人から視線を逸らす。傷ついたのは春己の方だ。いくら結婚したくないからといって、まわりを騙し、自分のようななにも知らない世間知らずのゲイを騙すなんて、とんでもない。

こっちは真剣に好きだったのに。プロポーズされて真剣に悩んでいたのに。

「酷い……」

ついに涙がこぼれた。秀人の前で泣くなんてみっともない。溢れてくる涙は、てのひらで拭いても拭いてもきりがなくて、でもハンカチなど持っていなくて、春己は途方に暮れた。

秀人が無言で立ち上がり、部屋の隅へと歩いていく。ソファに戻ってきたときには、ティッシュペーパーの箱を持っていた。何枚か抜いて、春己に差し出してくれる。

「春己君、聞いてくれ」

聞きたくない。立ち上がって、さっさと書斎を出ていきたい。

けれど、足が萎えたように力が入らなくて動けなかった。秀人のたくましい腕に抱き寄せられたが、振りほどくほどの元気もない。

「春己君、私がついた嘘は、半年前にゲイだと言ったことだけだ。君を好ましく思ってここに呼び寄せたのは嘘じゃないし、一緒にいるうちに好きになったのも本当だ。信じてほしい」

「僕なら簡単に騙せそうだと思ったんじゃないんですか」

「ちがう、そんなことは考えたこともない」

「だったらなぜ、僕を選んでここに呼んだんですか。そこまでしないと女の人と結婚させられそうだったんですか？」

　責める春己に、秀人が躊躇うようにしばらく黙った。

「……その、加納が君にどう伝えたのか推測でしかないが、私の花嫁候補として波多野家に呼ばれたと思っていた？」

「ちがうんですか？」

「写真を見て、君はとても聡明で優しそうだったから、自宅療養中の章人の話し相手にいいのではないかと思ったんだ。だから、そのつもりで来てもらった」

　そんなこと、いまはじめて聞いた――。驚きのあまり涙がとまった。

「加納さんは、最初から知っていたんですね？　僕は章人君の話し相手に選ばれただけだと……」

「そうだ。ただ、私はその前にゲイだと公言したままで撤回していなかったから、章人をダシにして好みの男を自宅に住まわせることにしたと思われても仕方がなかったのかもしれない」

「じゃあ、僕が秀人さんに会いたくて、仲良くなりたくて、夜にこの部屋まで来ていたのは、まったくの勘違いだったんですか……」

　加納に期待されていたからだけでなく、秀人と親しくなりたくて必死だった。思い返せば、波多野家に来た当初、秀人に会いたがる春己を吉川と章人は不思議そうな顔で見ていなかっただろうか。

　章人とほとんど一日中、一緒にいるようにスケジュールが組まれていたのも、章人のために呼ばれたのなら当然だ。

秀人の花嫁候補などではなかった——。加納は知っていた——。

それなのに色仕掛けで秀人を陥れろと命じてきたのは、加納も秀人のカミングアウトを信じていたからだろう。春己が迫れば落ちると思っていたのだ。

「……迷惑なら迷惑と、言ってくれればよかったのに……」

つい恨めしげな口調で秀人に悲しみをぶつけてしまう。

「迷惑なんかじゃなかったよ」

「いまさら気を遣わなくてもいいです。僕が勘違いしているって、気づいていたんでしょう？　はやく訂正してくれれば、仕事を終えて疲れて帰ってきたところに押しかけたりなんかしなかった」

「もちろん、すぐに気づいた。でも、嫌じゃなかった。どうしてだろうと、自分でも不思議だった」

春己の頭のてっぺんあたりに、秀人がそっと唇を近づけたのがわかった。さも愛しげにそんなことをされて、プロポーズは本心からだと信じたくなってしまう。

「私は忙しい。スケジュールは過密だ。大企業を背負っているというプレッシャーもある。一日中、気が抜けない日の方が多い。だからたいていは帰宅するとぐったり疲れている。この部屋のバーカウンターで好きな酒を一杯だけ味わい、ほろ酔い加減で寝るのが、私の唯一の楽しみだった」

そこを春己が邪魔していたわけだが——。

「ところが、君が書斎に来るようになってから、なぜだか話をしているだけで疲れが癒されていく。君には邪気がなくて、まっすぐで、最初から私に好意を向けてくれているようだったから、身構える必要がなく、気が楽だった。君は私の癒しになっていたんだよ」

「僕が、癒し……？」

「君といると、疲れが取れる。チェスをするのも楽しかった。いつしか、私は君とのひとときを心待ちにするようになっていった。これは、嘘じゃない」

肩に回されていた秀人の腕にくっと力が入れられて、春己の体が傾く。秀人に凭れるような体勢になって、スーツ越しに伝わってくるぬくもりがあたたかい。

「君を手放したくないと思いはじめて、私は君のことを調べさせた」

「調べたんですか？」

「気を悪くしないでくれ。私は君を気に入ったが、加納のことは信用していなかったんだ。だから、君と加納の関係性をはっきりさせたかった。その過程で、君が加納の血縁ではないこと、本当のご両親は事故で亡くなっていること、引き取られたのは私がカミングアウトしたあとだったこと、加納の養子にはなっていないことを知り、気にしていた」

そういえば、両親が亡くなっていて加納に引き取られたことを話したのは、章人にだけだ。秀人にはなにも打ち明けていない。意識してのことではないが、なんとなく、出自をごまかしたい気持ちがあったのかもしれない。秀人に好かれたかったから。

「加納がなにかを企んでいるようなのはわかっていた。いざというときに君を助けなければと準備していたんだ。おかげで、今日も素早く対応することができた」

「僕になにかあったら助けるつもりでいてくれたんですか」

「あたりまえだろう。君は私の癒しだ。大切な存在だ。籍に入ることを検討してほしいと頼んだのを忘れたのか？　できれば、一生、私の癒しとしてそばにいてほしい」

「秀人さん……」

あらためてのプロポーズ。こんどは、素直に胸がじんと震えた。秀人の真摯な声は、まっすぐに春己に届いたのだ。嬉しかった。秀人が本当はゲイではないと聞いて絶望的な気分になったが、いまこうしてプロポーズしてくれている気持ちはきっと嘘じゃない。秀人はそんな、人を傷つける嘘をつく人ではないと思う。

いま、この瞬間、秀人が自分を必要としているのはまちがいないのだ。

秀人が背負っているものの大きさと重さは、まだ世間を知らない春己にとって想像することしかできない。どんなに強靭《きょうじん》な体と精神を持った人でも、ときどき疲れてしまうのはわかる。秀人が癒しを欲しているのなら――そしてそれを春己に求めているのなら、なってみようと心が決まった。

「秀人さん、僕……あなたのことが好きです」

じっと目を見つめて想いを告げた。すると秀人も慌てたように、おなじ言葉を口にしてくれる。

「私も好きだ。すまない、先に言わなければならなかったな。癒しだとか籍に入れるとか、そんな話の前に、きちんと告白するべきだった」

秀人は大真面目な様子で反省すると春己に向き直り、居住まいを正して深呼吸した。

「春己君、好きだ。私の伴侶になってほしい」

「……はいっ」

感極まりながら、春己はちいさく頷いた。秀人はホッとしたように口元を緩め、あらためて春己を抱きしめてくれる。頬にキスをして、ついで唇におずおずと触れるだけのくちづけをくれた。

触れただけなのに、痺れるような熱を感じて、春己はうっとりと目を閉じる。

この人を好き。愛していると思う。

まだ十八歳だが、子供ではない。自分の想いは本物だと自信がある。これから年を重ねても、自分はきっと秀人を愛し続けるだろう。秀人以上に愛せる人は見つけられないだろうと、妙な確信があった。

いつか、いつか――春己に癒しの効果がなくなったら……秀人がべつのなにかに癒しを見出したとしたら、二人の関係に変化が訪れるかもしれない。いつまでも続くと思っていた両親との生活がなくなってしまったように、望むと望まざるとにかかわらず、物事は時とともに移り変わっていくのだと、春己はこの数カ月で学んだ。

でもいまを大切にしなければ、未来もない。一歩を踏み出さなければ、得るものもない。もしかしたら、二人の気持ちが変わらず、ずっと一緒にこの屋敷で暮らしていくかもしれない。

精一杯、秀人を愛していこう。仕事で疲れたこの人を、癒してあげたい。できれば、支えにもなってあげたい。

春己は、二度目のくちづけを受けながら、幸せの涙を一筋だけ流した。

十九歳の誕生日に、春己は秀人の籍に入った。

誕生日に入籍しようと決めたのは春己だ。ひとつの区切りとして、いいのではないかと思って。

二人が気持ちを確かめあって将来を誓ってからの数週間、春己は吉川から波多野家の経理や使用人の雇い方などを教わった。本来なら波多野家の当主の妻が取り仕切らなければならないことを、すべて吉川が代行していたという。春己が未熟なうちは吉川がサポートしてくれるが、晴れて一人前になれば、吉川は本来の執事としての業務だけに戻るらしい。それがいつになるかはわからない。

隠居している秀人の両親にも面会した。まだ五十代後半の前当主夫婦は、とても元気で、田舎暮らしを満喫している。長男が同性を伴侶にすると聞いた当初は驚いていたらしいが、春己にはとても優しくしてくれた。もう何年も浮いた話のない息子が、このまま仕事漬けの孤独な一生を過ごすのかと危惧していたという。とにかく伴侶が見つかってよかったと言ってくれた。彼らは息子をとても信頼している。息子が選んだ道なら、異は唱えない、できるだけ応援していく——と、明言してくれた。

春己の存在を公にするのは、二十歳の誕生日が過ぎてからと秀人が決めた。

そうこうしているうちに章人のギプスが取れて、晴れて車椅子生活から卒業した。リハビリ期間を経て学校に復帰したとき、章人はとても嬉しそうに登校していった。春己は楽しかった高校生活を思い出しながら、章人を見送った。

その数日後、春己の誕生日がやってきた。平日だったが、秀人が早めに仕事を切り上げて帰宅してくれ、波多野家でささやかなパーティーが催された。章人が祝ってくれたのだ。

章人は両親を招待したそうだが、海外旅行中で不在だった。帰国しだい、お土産とお祝いを持って来てくれるということだ。

春己は富士子を招待したが、丁寧な断りの手紙が届いた。体調がすぐれず、現在、那須の別荘で療養しているという。加納夫妻は離婚調停中だ。春己に関しての加納の暴走に、富士子はついていけないと判断した。夫婦のあいだのことなので、春己には口を挟むことはできない。二十年以上も連れ添った夫婦が、自分の存在のせいで仲違いしたことが悲しかった。だが秀人に言わせると、春己の件は単なるきっかけにすぎず、とうに夫婦の信頼関係は破たんしていたという。離婚話が持ち上がったのは、はじめてではないということだった。

秀人は章人と吉川の前で、春己の左手薬指にプラチナの結婚指輪をはめてくれた。ペアになっている指輪を、春己も秀人の左手薬指にはめた。

「誓いのキスをしてよ」

章人にはやしたてられて、春己は恥じらいながら目を閉じた。秀人がそっとキスをしてくれる。

ああ、この人の伴侶になったんだと、春己は実感しながら喜びの涙に瞳を潤ませた。

コックが腕をふるって祝いのための特別料理を出してくれ、吉川の給仕で味わった。

その後は、夫婦の時間になる。二人はまだ夜をともにしていなかった。気真面目な秀人がなし崩し的にセックスするのをよしとしなかったこともあるが、春己に心の準備をする時間を与えてくれたのもある。

いまでは正式に自分の部屋となった元客室でシャワーを使い、体の隅々まできれいにして、さらにネットで勉強したセックスの準備までして、春己はパジャマ姿で秀人の部屋へと向かった。緊張のあまり心臓をばくばくさせながら、ドアをノックする。

「どうぞ」

ちいさく聞こえた秀人の声に、ドアを静かに開けた。パジャマ姿の秀人が待っていた。

秀人の部屋に入るのは、まだ数えるほどだ。ずっと書斎で会っていたから。秀人はベッドがある自分の部屋で春己と二人きりになると自制心に自信がないと言い、書斎で会うのを好んだ。たとえベッドがなくとも、その代わりになりそうな頑丈なソファはあるし、二人きりになるのは変わらないと思うのだが、それが秀人なりの線の引き方だったのだろう。

「あ、あの……」

ぎくしゃくと歩み寄った春己に、秀人が慈しむような笑顔を向けてくれる。

「ふ、不束者《ふつつかもの》ですが、末永く、よろしくお願いします」

ぺこりと頭を下げた。くくくと秀人が笑い、「こちらこそ」と返してくれる。

「そんなに固くならなくていいよ。いきなり襲いかかったりはしないから」

春己の緊張が見るだけでわかるらしく、秀人は優しく肩を抱き寄せて、ベッドサイドに置かれたカウチに座らせてくれた。ミニテーブルにはバカラのグラスが乗っていて、琥珀色のお酒が入っている。

「すこし、飲んでみるか？」

「未成年です」

「では、香りだけ」

「えっ……」

きょとんとしているあいだに、秀人がグラスに口をつける。含んだものを飲みこんですぐ春己に覆いかぶさってきた。唇のあいだから濃厚な香りが注ぎこまれる。それだけでも口腔《こうこう》が熱くなり、アルコールの匂いが鼻に抜けていく。そのまま舌を絡めるディープキスをされて、春己は酒と官能の両方でメロメロにされた。

「……可愛いな……」

ため息をつきながら秀人がひとりごとのように呟く。ぼんやりしてくる視界の中で、秀人が熱いまなざしを自分に注いでいるのがわかる。秀でたところなどない容姿だと思っていたけれど、秀人が可愛いと言って気に入ってくれているのなら、よい部分があるのだろう。

「秀人さんは、カッコいいです……」

つるっと本音がこぼれてしまったのは、アルコールに耐性のない体が香りだけで酔いはじめているからだろうか。

「君の目には格好よくうつっているのかな。自分ではそんなふうに思ったことはないんだが」

「どうしてですか？　こんなにカッコいいのに」

「生まれたときから鏡にうつる自分の顔を見ているからね。私には、君のように優しい雰囲気の顔立ちの方がいいように思える」

「んっ……」

おおきな手で頬を包むように撫でられ、ぞくっとしたなにかが背筋を走る。シャワーを使ったときに後ろの準備をしたが、そのときにかすかに感じたものに似ていた。快感の芽というものだろうか。

不意にはじめてのセックスに対する恐れが湧いてきた。

「秀人さん、あの……つまらなかったら、ごめんなさい」

「なにが？」

「その、セ、セッ、セック……ス……です」

はっきり言葉にできなくて、かえって恥ずかしい言い方になってしまった。

「私だって同性とははじめてだよ」

「僕はなにもかもがはじめてなんです。秀人さんとはちがいます」

「いや、一緒だ。たとえ過去に何人と関係していようと、相手が変わればはじめてとおなじなんだよ。ましてや君は男の子だ。私だって緊張している。もう二度としたくないと思われないように、できるだけ配慮しなければと、二、三日前からこのことで頭がいっぱいだ」

「嘘でしょ」

まさかそんな、波多野秀人ともあろう男が、たかが自分とのセックスで頭がいっぱいになるなんてありえない。春己の気を紛らわせようとして冗談を言っているんだと思った。

「嘘じゃない。私は君に嘘なんかつかないよ。ほら」

秀人は春己の手を摑み、左の胸に当てさせた。どくどくどくとやや速い鼓動が伝わってくる。でも自分の方が勝っている。春己は秀人の手を摑み、自分の左胸に当てた。

「僕の方がどきどきしています」

「そうか？」

「そうです」

ほら、とばかりに秀人の手を胸にぐっと押しつける。するっと動いたその手が、布地一枚の下で尖《とが》っているものに触れた。乳首だ。春己が気づいたと同時に、きっと秀人も気づいた。もう固く尖っている乳首が恥ずかしくて、春己は俯いたまま耳まで真っ赤になった。

「春己君、これ、なに？」

指摘しないでほしい。

「…………なんでもないです…………」

「なんでもないことはないだろう。なに？」

秀人の指が、それをくりくりと転がすように触った。むずむずする感覚が胸から腰へと流れていく。

「やめてください……」

「どうして？」

嫌がって身悶えしてみても、秀人は放してくれない。落ち着かない感じが、しだいに明確な快感へと変化していくのが信じられなかった。

「春己君、ここが、気持ちいいのか？」

低音で耳に囁かれ、春己は涙目になった。

ゲイだと自覚してから自分なりにいろいろと調べてみて、春己は男でもここが性感帯になりえると知った。自慰のときに触ってみたことはあるが、こんなふうに感じたことなどない。人によって感じ方はちがうらしいと聞いていたので、自分はここで快感を得られない体質なのかと思っていた。

布地越しなのに、まさか、こんなにも——。

「あっ」

指先で摘まれるようにされて、思わず変な声が出てしまった。慌てて口をぎゅっと閉じたが、秀人に「こらこら」と唇を撫でられる。

「ちゃんと声は出してくれないと、春己君がどう感じているのかわからないだろう？　なにしろはじめてなんだし、私は君をきちんと感じさせたい」

「で、でも、恥ずかしい……」

「恥ずかしくなんかないよ。見て聞いているのは私だけだ」

だから恥ずかしいのに。しつこく指先で乳首を弄《いじ》られて、感覚がどんどん研ぎ澄まされていく。鼓動が乳首に乗り移ってしまったかのように、そこが熱く脈打った。

「もう片方も平等に触ってあげないとね」

「あ、やっ……」

右の乳首をパジャマの上から弄られた。やめてほしいはずなのに、秀人の手を退けることなんて思いもつかなかった。

「あ、あ、あ……」

「気持ちいい？」

そんなこと聞かないでほしい。弱々しく首を横に振ったが、秀人はふふふと楽しそうに笑っただけだった。春己はますますうろたえた。

秀人はこの日まで手を出さずに待ってくれるほど自制心があって真面目な人だと思っていたのに、手つきはいやらしいし、変なことばかり聞いてくる。わりとエッチ臭くて、これが大人なのかと内心では衝撃だった。

「そろそろ直《じか》に触ってもいいかな？」

春己が返事をする前に、秀人の手はパジャマの裾からするりと入りこんできた。

「やぁっ」

「嫌じゃない、嫌じゃない。ほら、気持ちいいだろ？」

布地越しでも感じさせられていたのに直接触られて、春己はびくんと背筋をのけ反らせた。カウチソファからずり落ちそうになった体を、秀人が持ち上げてくれる。そのまま秀人の膝に抱っこされた。尖っている乳首を指の腹で潰されたり、ころころと転がされたり、摘まれたり。いいように弄られて、春己は「あっあっ」と切ない声をずっと上げさせられた。

「春己君、パジャマが濡れるから、脱ごうか」

そんなふうに言われて、春己ははじめて自分がすでに勃起して先走りを漏らしてしまっていることを知った。つるりとパジャマの下を脱がされ、股間部分が濡れて色が変わった下着を目の当たりにする。羞恥のあまり死ねると、このとき本気で思った。

涙目で震えている春己に、秀人が頰に宥めるようなキスをした。

「これも脱ごうね」

下着に手をかけられて、春己は慌てて抵抗した。見られてしまう。大好きな人に、勃《た》ちあがったものを。

「いや、嫌ですっ」

「どうして？　脱がないと先に進めない」

それはそうだ。今夜は二人にとって初夜なのに、しなくてどうする。覚悟を決めたはずだ。そのための準備だってしてした。けれど、実際にこれほど羞恥をともなうことだとは、想像もしていなかったのだ。

「せめて、暗くしてください……っ」

「わかった。ちょっと待ってて」

さっと立ち上がった秀人はベッドサイドのランプだけを残して、部屋の照明を消してくれた。ほのかなオレンジ色の光だけになり、春己はいくぶんホッとする。

「ベッドに移るか？」

「ま、まだ……」

本格的なセックスに突入するのは、まだ怖かった。ちょっと触れられただけでもいっぱいいっぱいなのに、裸で抱きあうなんて頭がショートしてしまいそうだ。

「じゃあ、もうすこしここにいよう」

秀人は無理にベッドへ誘おうとはせず、カウチにもう一度座った。春己を抱き寄せてくれ、キスからやり直してくれる。またウイスキーを飲み、口腔の粘膜に香りを塗りこむように舌を動かされた。

それが気持ちよくて、春己はされるがままになってしまう。

うっとりしているあいだに、パジャマのボタンが外されて、前が開かれていた。さっきさんざん弄られた二つの乳首は、オレンジ色の光に照らされて、いままで見たことがないほどに尖りきっている。

軽く触れられただけで、ビリッとした痛みに似た刺激が走った。

「痛い？」

「ちょっとだけ……」

「敏感すぎるんだな。舐《な》めてあげよう」

えっ、と硬直している春己の胸に秀人が顔を伏せる。ぬるりとそこを舐められて、春己は悲鳴を上げそうになった。生ぬるいくせに鋭い快感は、まさにはじめての感覚だ。

「あっ、あっ、ああっ、いや、いやっ」

舐めるだけじゃなく吸われて舌で押しつぶすようにされて、切ないほどの快感に身悶える。逃れようにもカウチに押しつけられて動けない。手足は自由だが秀人を殴るわけにもいかないから、結局、秀人のパジャマに縋りつくようにして耐えるしかなかった。

「あ、あぁ、やぁ……」

唾液でびしょびしょになった乳首を、秀人が指で優しく嬲《なぶ》る。乳首で得る快感は下腹部へダイレクトに響いた。下着の中でもうはち切れんばかりに膨れあがった欲望が、痛いほどだった。それをどうしたらいいのかわからない。自分で扱《しご》くわけにもいかず、かといって秀人になんと言えばいいのかもわからない。

「秀、秀人さ、秀人さぁん……」

半泣きで名前を呼ぶことしかできなかった。

「なに？　どうした？　ああ、こっちが辛くなってきた？」

気づいてくれて、秀人が股間の膨らみをてのひらで撫でてくれる。それだけでたまらない快感になり、春己は喘《あえ》いだ。

「窮屈そうだから、出してあげよう」

下着を秀人がそっと引き下ろす。飛び出してきた自分のペニスから、春己は思わず視線を逸らした。

恥ずかしい。秀人に興奮した状態のものを見られるなんて。もともとゲイではないという秀人が、こんな春己を目の当たりにしてどう思うのか、怖くもあった。

「きれいだな」

予想もしていない感想が秀人の口から飛びだした。

「君のここは、とてもきれいだ。美味しそうな色艶をしている。食べてもいいか？」

「あ、えっ？　待って……っ」

秀人は上体を倒し、春己の股間に顔を埋めてきた。チャレンジャーだと感心する間などない。ぬめった口腔にくわえられて、春己はもうなにも考えられなくなった。

はじめての快感に、腰が蕩けてしまいそうな錯覚に陥る。

「ああ、ああ、いや、とけ…ちゃ、とけちゃう」

怖いと涙をこぼすと、秀人がいっそう舌を淫らに使った。

絶頂はすぐにやってきた。びくびくと痙攣《けいれん》しながら、声もなく秀人の口腔に放ってしまう。最後の一滴まで吸い取られて、春己はボウッとしたまま四肢を投げ出した。

「可愛いな。気持ちよかった？」

平然としている秀人が信じられない。大胆にもほどがある。それよりも、春己の体液はどこへ行ったのだろう。もしかして、飲まれてしまったのだろうか。あんなもの、普通は飲むものじゃない。そんなプレイはＡＶの中だけのことだと思っていた。

あまりのことに茫然としていたら、春己は秀人に抱き上げられてベッドに移されてしまった。慌ててベッドを下りようとしたが、下りてどこへ行くのだろうかとハッとする。秀人に抱かれるためにここにいるのに、往生際が悪すぎる。もう、すべてを秀人に委ねよう――。

そんな春己の心の動きを読んだかどうかわからないが、秀人が無言で、春己を見つめながらパジャマを脱ぐ。スタンドの光に照らされた秀人の裸体は、惚れ惚れするほど格好よかった。春己とは骨格からしてちがう。たくましい大人の男の人の体だった。

秀人は躊躇いなく下着も取り去った。はじめて見るそこは、すでに勃ちあがっている。びっくりするほどのサイズで、体格に見合ったものだった。

「……僕がほしくて、そんなことになっているんですよね……？」

「そうだ」

秀人はちょっと苦笑しながらベッドに上がってくる。春己を怯えさせないようにか、動きはゆっくりだ。けれどその目は、あきらかに欲望を宿して炯々《けいけい》としている。怯えが生まれそうになったのはどうしようもない。なにもかもがはじめてなのだから。

「や、優しく、してください……」

「努力するつもりだ」

それって答えになっていないような気がする。

「春己、愛してる」

はじめて呼び捨てにされた。甘い響きに熱い息を吐く。

伸《の》しかかってくる体軀《たいく》を受けとめ、春己は縋るように両腕を回した。

それからは嵐の中でもみくちゃにされる木の葉のようだった。秀人は情熱的で、春己の肌という肌にキスをした。春己が反応した場所には執拗《しつよう》にキスを重ねて、白い肌に無数の赤い花びらが散ることになった。

散々身悶えさせられて春己がくたくたになったころ、両脚を開かされて、秀人の指が後ろをまさぐってきた。そこにはもうジェルが塗られている。春己が自分で施した。

「君は、なんて素晴らしい……！」

春己のささやかな努力に秀人はかなり感動したようで、またもやキスの雨を降らされた。でもどの指で塗ったのかと聞かれ、その指をまじまじと見つめられ、さらにこんど機会があったら目の前でおなじことをやって見せてくれと言われ、拒絶したら後ろを舐められた。

「やだ、やだっ、舐めないで、そんなところ、舐めないでっ！」

ぞっとするほどの快感に、春己は泣いてわめいて抗《あらが》った。

「じゃあ、約束してくれるか？　こんど、やって見せてくれ」

「わ、わかった、から、やめてぇ」

無理やり頷かされて、春己はしゃくりあげながら秀人の指を迎え入れた。この段階で疲れきっていた春己の体からは力が抜けていて、挿入された指はスムーズに動く。難なく感じる場所を探り当てられ、春己はまた泣かされた。

「ああ、ああ、ああ、そこ、いやっ、いやぁっ」

「上手に指をくわえているよ。ほら、もう三本になる」

「あ、あ、あ………」

感じすぎていきそうになると、勃起したペニスの根元をもう片方の手でぎゅっと縛《いまし》められた。放出したがる欲望の塊が逆流するような苦しさに、春己はぽろぽろと涙をこぼす。濡れた頬を、秀人が優しく舐めてくれた。

「もう、もう終わって………もう………」

「ごめんね、疲れたかな。でもこれからだよ。最後までするからね」

優しいけれど秀人は容赦がなかった。くたくたになっている春己の両脚をおおきく広げ、そこに屹《きっ》立《りつ》をあてがう。ゆっくりと侵入してきたそれは、春己の浅い部分にある感じるところを意図的に擦った。「ひっ」と息を呑んだ春己に構わず、秀人は執拗にそこを抉《えぐ》ってくる。

「あーっ、あーっ、やあっ、あぁーっ！」

がくんとのけ反りながら、体液を撒き散らした。瞬間、頭が真っ白になる。そのままふっと意識が遠くなった春己の中に、秀人は射精した。深いところにたっぷりと出されて、反射的に粘膜がきゅう

っと秀人を絞るように蠢《うごめ》く。秀人を歓喜させたことなど、春己は知らない——。


初夜が明けた翌朝、春己はベッドから起き上がれなかった。秀人の部屋で朝を迎えた春己は、げっそりと憔悴《しょうすい》しきっており、生き生きとした笑顔を振りまきながら身支度を整えている秀人を恨めしげに眺めていた。

今日は平日なので秀人は仕事がある。昨夜、早めに切り上げて帰宅してくれたので、その分の仕事を今日中に片付けなければならないらしい。慣れた手つきでネクタイを結びながら、秀人がベッドを見下ろしてくる。

「すまない、できるだけ早く帰ってくるから」

秀人が謝ることはない。仕事は春己よりも優先すべきだ。ただ、昨夜のやりすぎは謝ってほしい。

だが文句を言いたくとも、春己の喉は嗄《か》れてしまっている。喘ぎすぎだとわかっているから、どうしようもない。春己の不調が自分のせいだと自覚しているくせに、秀人の口から謝罪の言葉は一切出ていなかった。後悔していないからだろう。そのすっきりとした表情がすべてを物語っている。

ドアがノックされて、吉川が顔を覗かせた。中には入ってこない。

「旦那様、そろそろお時間です」

「わかっている。すぐ行くから」

十五分前にもそうして秀人に声をかけに来たが、秀人が入室を許さなかった。色やつれした春己をだれにも見せたくないと言われ、変な方向に独占欲が発揮されているみたいだと、ため息をつくしかない。

「春己」

秀人が笑顔のまま近づいてきて、唇にキスをしてくれた。

「じゃあ、行ってくる」

「……行ってらっしゃい……」

かすれた声で返すと、秀人は満足そうに頷き、颯爽と部屋を出ていった。秀人が出かけてしまったら、吉川を呼ぼうと思っている。じつはかなり空腹なのだ。あれだけ激しい運動をしたのだから当然といえば当然かもしれない。

きちんと食事をとって、秀人が帰ってくる夜までに体力を回復させておかなければ。今夜も体を要求されたら応えられるかどうかわからないが、玄関まで出迎えて「お帰りなさい」と言いたかった。

きっと、秀人は幸せそうに微笑んでくれる。そんな秀人の笑顔に、春己も幸せを感じる。

秀人は春己を癒しだと言ってくれた。具体的にどうすれば秀人を癒せるのか、春己にはわからない。頭で考えても仕方がないのだろう。ただいつも秀人のことを愛しく想い、慈しみ、尊敬することができれば、秀人にとって居心地のいい場所がつくれると思う。

秀人と一歩ずつ、歩んでいきたい。日々を重ねていきたい。

「ふぁ……」

あくびが出る。実際のところ、昨夜何時ごろに終わったのかはっきり覚えていない。どうやら失神したようで、体液やらなにやらで汚れた春己を、秀人はこの部屋のシャワーで流してくれたようだ。

体内に出されたはずのものも感じない。中まで洗われてしまったようだと気づいたときは青くなったが、秀人がご機嫌だったので余計なことは言わないでおいた。

「……ちょっとだけ……」

しょぼしょぼするまぶたを閉じる。

愛されすぎて重い体を持て余しながら、春己は吉川を呼ぶまでしばしまどろむことにした。

がんばる花嫁

「では、春己《はるみ》様」

「はい」

吉川《よしかわ》に名前を呼ばれた春己は、ピンと背筋を伸ばした。

「あらためて、本日より波多野《はたの》家の嫁としての勉強をはじめさせていただきます」

「よろしくお願いします」

ぺこりと頭を下げた春己に、さっそく吉川から教育的指導が入る。

「春己様、私は使用人です。そう簡単に頭を下げてはいけません。私の方がずいぶん年上なので、ですます調で話すのは仕方がありませんが、あなたは旦那様の伴侶です。軽く会釈するていどにしてください。深く頭を下げるのは立場上、よろしくありません」

「……はい、気をつけます」

よろしい、と吉川は春己の前にどさりと分厚いファイルを三冊も置いた。

「これは波多野家の歴史をまとめたもの、これは御親戚の方々のデータ、そしてこれは、波多野グループの概略です。グループについては詳細を覚える必要はありませんが、ひととおり目を通しておいてください。歴史と御親戚のデータについては、すべて覚えてください」

「えっ、すべて……ですか？　これ、すごく分厚いですよ……」

「そのくらい当然です。波多野家の嫁としてこのくらいの基礎知識は頭に入れておいてもらわなければ、あとで困ります」

春己はファイルをめくってみた。波多野家の歴史は長い。日本史のような年表までついていて、春己はごくりと生唾を飲んだ。親戚のデータも膨大で、一人ひとりの顔写真つきの履歴書が数百枚もある。これらをすべて覚えなければならないとなると、そうとうの時間がかかりそうだった。

だが、吉川が言うように、覚えておかなければきっと困る。これから秀人の伴侶として生きていくのだ。波多野家のことをなにも知らずに人前で失敗してしまったとき、恥をかくのは春己だけではない。春己を選んだ秀人も恥ずかしい思いをすることになってしまう。

「怖気《おじけ》づきましたか？」

「いえ、大丈夫です。頑張《がんば》ります！」

春己が気を引き締めてファイルに向き直ると、吉川は鷹揚《おうよう》に頷《うなず》く。

「その意気です。ファイルの暗記と並行して、マナー講座も設けます。波多野家の人間にふさわしい立ち居振る舞いを身につけていただきます。僭越《せんえつ》ながら講師は私が務めます。よろしいですね？」

「あ、はい」

「さらに語学の勉強もしていただきます。とりあえず英語から」

「とりあえず……？」

「フランス語、ドイツ語、イタリア語、スペイン語、中国語、韓国語……あたりは日常会話ていど使えないと困ります。波多野グループは世界規模で事業を展開していますので、さまざまな国のお客様がいらっしゃいます。食事をとりながらの気安い会話に、いちいち通訳を介していては交流はままなりません」

「それは、そうですけど……」

「こちらも私が教師を務めます」

「えっ……。吉川さん、話せるんですか？　何か国語も？」

「ビジネス用語は無理ですが、日常会話ていどなら話せます。波多野家の執事たるもの、外国語を身につけておくのは当然です」

すごい……。春己は啞然《あぜん》と吉川の澄ました顔を見上げる。

「ぼ、僕に、できるでしょうか」

「やっていただかなくてはいけません。さっきの頑張る宣言はどうしました？」

「あ、はい、そうですね。頑張ります……」

声が弱々しくなってしまった。果たして努力だけでこれだけのものが身につくのだろうか――。

春己は不安を胸に抱えながらも、吉川についていくしかないと悲愴《ひそう》な覚悟を決めた。


入籍から一週間、春己は秀人《ひでひと》のことだけを考えて、ただ甘ったるく過ごした。解禁となったセックスに秀人と二人して夢中になってしまったせいで、まともに日常生活が送れなかったこともある。秀人は仕事に行きつつも、できるだけ早く帰ってきては春己を構ってくれた。

本当ならまとまった休みを取って新婚旅行に行きたいところだが——と秀人は多忙なあまり休めないことを謝ってくれた。だが春己にしたら、いきなり秀人と二人きりで何日も旅行するのは心臓に悪そうで、帰宅後から翌朝までの約十二時間をともにするくらいでちょうどよかった。一年後、春己の存在を公にしたときに、あらためて新婚旅行をしようと言ってくれたので、それまでに大好きな秀人と二十四時間一緒にいてもオーバーヒートしない丈夫な心臓になっておこうと決めた春己だ。

新婚二週間目に入ると、吉川が「嫁としての勉強再開」という課題をつきつけてきた。

秀人と将来を誓いあい、入籍するまでのあいだ、嫁の役目はすこしだけ勉強した。だがまだ覚えなければならないことは山ほどあるらしく、吉川が「ぼやぼやしている時間はありません」と勉強のスケジュールを組んできたのだ。

最初、秀人は難色を示した。

「嫁としての勉強なんて、急いでやる必要はないんじゃないか？」

秀人が春己を膝に抱っこしながら吉川を牽制《けんせい》したが、「甘いです」と一蹴された。

「春己様が二十歳になってから公にする予定ではありますが、いつなんどき御親戚のどなたかに知られるとは限りません。突撃訪問されたときに春己様が困らないように基礎知識は詰めこんでおくべきです。すべては春己様を守るためです」

春己のためと言われてしまうと、秀人は強く反対できない。春己も、突撃訪問という言葉が持つ恐ろしさに、勉強は必要なのではないかと思った。

「あの、秀人さん、僕……勉強しようと思います」

「そうか？」

膝抱っこという体勢にはずいぶんと慣れたが、それでも人前では恥ずかしい。秀人は春己の羞恥心にはあまり配慮してくれないので、抗《あらが》うのは無駄な努力といまは諦めている。間近にある秀人の端正な顔にじっと見つめられ、春己はじわりと頬を赤くした。

「秀人さんの伴侶として恥ずかしくない知識を身につけたいです。勉強してもいいですか？」

「春己がしたいと言うなら、まあ、してもいいが……昼間だけだぞ。夜は私のために時間を空けておくように」

「それはわかっています。僕も、秀人さんが家にいるときはそばにいたいですから」

「春己……」

秀人の顔が蕩《とろ》けるような笑顔になり、春己の頬にちゅっとキスをしてきた。吉川がいるのに……と春己は視線が気になるが、有能な執事は主人の頭の中がここのところ花畑状態になっていることに関してはスルーすると決めたらしく、なにも言ってこない。

「それでは、明日からさっそくはじめます。春己様、よろしいですか？」

「お願いします」

秀人が離さないので膝に乗ったまま、春己は吉川にお願いしたのだった。

だがまさか、こんなスパルタだったとは――。

章人《あきひと》が学校へ行っているあいだ、春己はほとんど勉強漬けとなった。吉川が執事としての仕事をしているときはファイルの暗記に集中する。昼食は吉川とともにとり、そのまま食事のマナー講座となった。

あらかじめ厨房《ちゅうぼう》と相談してあったらしく、いままでの昼食とはメニューがちがっていて驚いた。フレンチのフルコース仕様になっていたり、和食の会席膳が出てきたりと、カトラリーの使い方や箸の上げ下ろしに気を遣わなければならないものだった。一口食べるごとに吉川に注意され、あまり食べた気がしないのは、もう仕方がない。

昼食のあと小休憩を挟んで外国語の勉強がはじまる。これが大変だった。

吉川は、つきっきりで指導してくれる。時間的に腹が膨れて眠気に襲われても、吉川の厳しい視線に晒《さら》されていては居眠りなどできるわけがない。なんとかくらいついて、一日に単語ひとつでもいいから覚えていこうと頑張った。

高校を卒業してから勉強から遠ざかっていた春己の頭は、自覚していた以上に鈍くなっていて、エンジンがかかるまでに数日を要した。だが一旦動き出した脳は若さゆえに柔軟で、本来の勉強好きを思い出し、比較的順調に吸収していく。

「春己様は生徒としてなかなかに優秀です。ここまで予定通りに学習が進むとは思ってもいませんでした。嬉しい誤算です」

吉川にそう言われて、春己は安堵《あんど》した。

「そんなふうに言ってもらえて嬉しいです。ありがとうございます。吉川さんのおかげです」

「いえ、春己様の努力のたまものですよ」

珍しく、吉川が微笑んだ。ポーカーフェイスの執事が笑顔を見せることなんて稀《まれ》なので、わぁ…と目を見張ってしまう。

「ただいまー」

そこに章人が学校から帰ってきた。春己が勉強に使っているのは書斎のとなりにある会議用の小部屋だ。章人が制服のブレザー姿のまま入ってきて、春己と吉川ににっこりと笑みを向けてくる。吉川が慌てて席を立った。

「章人様、お帰りなさいませ。お出迎えせずに申し訳ありません」

「いや、いいよ。予定よりも早く帰ってきた僕が悪い」

にこにこしながらも、歩み寄ってくる章人の足取りが、いつもよりわずかに乱暴だと思った。円形テーブルの上に広げてあったテキストを見て、「英会話の勉強してたの？」と聞いてくる。

「吉川が先生役なんだ？」

「そう。すごいんだ、吉川さん。何か国語も話せるんだね」

「……うん、まぁ、知ってたけど……」

章人はむっと唇を歪《ゆが》ませた。あきらかに不機嫌な表情になってしまい、春己は首を捻《ひね》る。なにか気に障るようなことを言っただろうか？　波多野家を支えている執事を褒めただけなのに。

「章人様、お茶をお淹《い》れしましょうか」

吉川がご機嫌伺いを兼ねてそう訊《たず》ねたが、章人は「いまはいらない」とそっけない。

「章人君？」

「僕は教えてもらったことがない」

「えっ？」

「吉川に勉強を教えてもらったことなんかない」

章人が吉川をキッと睨《にら》んだ。いつも明るくて穏やかな章人のそんな顔を見たのは、はじめてだった。たぶん滅多にないことなのだろう。吉川も困惑したように忙《せわ》しなく瞬きしている。

「僕にも教えてよ。僕にはなにをやらせるときも家庭教師を探してくるくせに。ずるい、春己さんにだけ吉川が教えるなんて！」

「章人様……」

「毎日ここで春己さんにつきっきりなんだろ？　僕が学校に行っているあいだ。ずるいよ！　僕だって吉川に教えてもらいたい！」

単なる子供のわがままに見えなくもないが、章人にとってそれだけ吉川は特別な存在なのだろう。春己が吉川を独占しているように感じて、大切な人を奪われたように思ったとしても責められない。

「あの、章人君、一緒に勉強する？」

提案してみたが、章人は不貞腐《ふてくさ》れたように唇を尖《とが》らせて、ただ吉川を睨み上げている。有能な執事がこの場をどうおさめるか、と見守っていたら、「章人様、わけのわからないわがままは言わないでください」と、火に油を注ぐようなことを言ってしまった。

「わけがわからないってなんだよ！」

カッとなって章人が怒鳴る。春己ははらはらしながら章人と吉川を交互に見つめた。

「僕も吉川に教わりたいって言っただけだろ」

「今回、私が教えることになったのは、春己様の存在が秘密だからです。この屋敷内で見聞きしたことは口外しないという契約書を作ったとしても、家庭教師を出入りさせたときのリスクを考えると、私がやった方が安心だという結論に達しました。そのくらい、章人様もおわかりでしょう」

「僕が言っているのは気持ちの問題だよ。僕も明日から加わりたい」

「その必要はございません。章人様は幼児期からの英才教育によって、すでに主要な外国語は習得されているではありませんか」

「えっ、そうだったの？　すごいね」

さすが波多野家と感嘆した春己に、章人は恨めしげな目を向けてくる。

「………春己さん、ずるい………」

その目がじわりと潤んだように見えて、春己は唖然とした。泣くほどのことだったのか。

「吉川のバカッ」

言い捨てて、章人は部屋から出ていった。春己と吉川は茫然《ぼうぜん》と見送る。しばらくしてから、春己は立ち尽くしたまま動かない吉川をちらりと見上げた。章人が出ていったドアをぽかんと凝視している。吉川のこんな表情は珍しいが、それを楽しんでいる場合ではない。ここは吉川が追いかけていって、章人の機嫌を取った方がいいと思う。

「吉川さん」

「は、はい、なんでしょう」

振り返った吉川は、あきらかに動揺していた。完璧執事らしくない。章人は吉川にとっても特別なのだろう。

「追いかけないの？」

ドアを指差すと、吉川は数秒間だけ逡巡《しゅんじゅん》し、「失礼します」と足早に部屋を出ていった。

一人になった春己はため息をつき、椅子に座ったまま伸びをする。

「まだ秀人さんが帰ってくるまで時間があるな……。よし、暗記物をやっつけよう」

気持ちを切り替えて、春己は波多野家の歴史ファイルを取り出した。

「今日は英会話のテキストのここからここまでをやりました。あと、こっちのファイルのここからここまでを覚えました」

帰宅した秀人に一日の出来事を報告するのは、もう習慣になっていた。ここのところは勉強の進み具合の報告ばかりだが、書斎でちょっとだけアルコールを飲みながら、秀人は春己の話に耳を傾けてくれる。

「吉川さんに暗記のコツを教えてもらいました。その通りにしてみたら、すごく覚えやすくてびっくりしました。吉川さんってすごいですね。なんでもできるし、とっても頭がいいんです」

「ああ、まあ、吉川は昔から優秀だった」

「どうやったら、あんな大人になれるんでしょうか」

つい感嘆のため息をこぼしてしまう。

「いつもぴしっと背筋が伸びていて、隙がないんです。最初はロボットみたいでとっつきにくいなと敬遠する気持ちがあったんですけど、それはまちがいでした。吉川さん、本当は面倒見がよくて隅から隅まで気配りできる人だったんですね。ただそれを、ものすごくさり気なくやってしまうから」

吉川の立ち姿を思い出すと、自分なんかまだまだだと思う。どれだけ努力したら、吉川のような完璧な男に近づけるのだろうか。

「語学も堪能なんですよね。習得のコツはあるんですかって訊ねたら、とくに苦労はしなかったから答えられないって言われちゃって。苦労はないって、すごくないですか？　耳がいいのかな。勘がいいのかな？　秀人さんはどう思います？」

「………」

「秀人さん？」

「……さあ、どうだろうな……」

返答に不自然な間があいた。秀人の機嫌がじわりと下降気味なことに、春己は気づいていない。三人掛けのソファに二人でくっついて座っているので秀人の顔が見えていないせいもあるが、自分の話の内容がまずいとは欠片《かけら》も思っていないからだ。

「そういえば、聞いたことがなかったですけど、秀人さんは何か国語が話せるんですか？」

「……日常会話ていどなら五か国語かな。ビジネス用語になると、やはり英語くらいだ。会社の秘書課には語学が堪能な秘書がいて、重要な会議のときは通訳として連れていくことになっている」

「へぇ、そうなんですね。でもやっぱり日常会話でも五か国語なんてすごいです。章人君も話せるって聞きました。まだ高校生なのにすごいです」

「……うちの教育方針がそうなっているからな……」

「あ、そうだ。吉川さんがテレビの語学番組を録画しておいて、時間があるときに見るようにって。さっそく明日から見ようと思っています」

「春己は吉川の言うことをよく聞くんだな」

「僕の先生ですからね。それに、素直にすごい人だと思っていますから。自分の仕事をしながら僕の先生役までしてくれて、本当に感謝しています。きっと忙しいですよね。僕のために時間を割《さ》いてくれて、とってもありがたいです。いつかお礼をしないと……って、考えているんですけど、吉川さんにどんなかたちでお礼をすればいいのかわからないんですよ」

うーむ……と考えこんだ春己の横で、秀人がため息をついた。

「あ、ごめんなさい。こんな話、つまらなかったですよね」

「いや、そうじゃない。いつもより疲れているようだ……」

「気がつかなくてすみません。もう寝ますか？」

「………そうだな。もう風呂に入って寝よう」

あまり飲んでいないバカラのグラスを置いた秀人に手を引かれ、春己は書斎を出た。

秀人の寝室が、いまや春己の寝室にもなっている。春己の部屋として与えられていた客室はそのまだが、入籍した日から一度も一人で寝ていない。セックスしてもしなくても、秀人のベッドで眠るようになったのだ。

すでに風呂を済ませている春己は、秀人が入浴しているあいだにテキストを広げ、明日の学習部分を確認した。パジャマ姿で戻ってきた秀人を見て、テキストを片付ける。秀人はテーブルの上のそれをちらりと見て、しばし立ち止まった。

「秀人さん、寝ましょうか」

さきにベッドに上がって促すと、秀人はいつになく緩慢な動作で歩み寄ってくる。これはそうとう疲れているようだと、春己は心配になった。

ふわふわの布団の中で、緩く抱きしめあって目を閉じる。今夜は夫婦の営みはナシ。そういう雰囲気にはなっていないし、秀人の様子からこれ以上の体力消耗は避けた方がいいと思われた。もし求められても春己はやんわりと断るつもりでいた。きちんと断れるかどうか自信はなかったが、横になった秀人が動かないのでホッとする。

「春己……」

ちいさく名前を呼ばれて「はい」と返事をする。

「勉強は楽しいか？」

「楽しいです」

春己は嘘ではなく、本気でそう答えた。もともと学ぶことが好きだった。両親が亡くならなければ大学に進学し、小中学校の教師を目指して勉強していただろう。いま学んでいる内容は一年前まで思い描いていたものとはちがうが、すべて必要なこととして納得している。秀人のために、ひいては波多野家のために、春己はできるだけの努力をするつもりでいた。勉強したことがいつか役に立つとわかっているので、学校の勉強よりも遣り甲斐《やりがい》があるかもしれないとすら、思っている。

「楽しいか……。それなら、よかった……」

秀人がぼそりと呟《つぶや》いた。ちっとも「よかった」と思っていないような声音だったが、なにか裏の意味があるのかと問い質《ただ》すのは躊躇《ためら》われる。春己はすこし頭を持ち上げて、薄闇の中、秀人の顔を見てみたが、目を閉じて眠りに入ろうとしていた。

なにかが引っ掛かるような気がしたが、春己も一日の疲れがあって、考えているうちにいつしか眠ってしまっていた。

「春己様、そろそろ旦那様がお帰りです」

「わかりました」

吉川に声をかけられて、春己はテキストを閉じた。時計を見ると午後九時をまわっている。

結婚当初は夕食に間に合うように帰宅して、できるだけ春己と章人と三人で食事をとり、そのあとは春己と二人きりの時間を大切にしていた秀人だが、おそらくそれはかなり無理をしていたのだろう。

一カ月たったいまではかつての帰宅時間に迫りつつあり、夕食をともにすることはあまりなくなった。疲れた顔をしている秀人に春己も遠慮して、あまりまとわりつくわけにもいかず、書斎でひとと き話すだけで夫婦の時間は終わる。この一週間ほどはセックスもしていない。

せめて朝は見送って、帰ってきたときには出迎えたい。吉川にそう申し出て、帰宅時に教えてもらうようにしている。

秀人ともっと一緒にいたい……。寂しいが、仕方がない。秀人が大変な重責を担っていて、多忙を極めていることは春己もよくわかっている。せめて休日は二人きりの時間を持ちたいが、ゴルフなどの付き合いが入ってしまうと、それもままならなかった。

入籍したばかりのころ、秀人がどれだけ気を遣って春己のそばにいてくれたのか、いまになって身に染みてわかる。春己の存在が癒《いや》しになると言ってくれた秀人のために、せめて鬱陶しくまとわりつくのだけはやめようと、気をつけていた。

吉川とともに玄関に並んで、秀人が乗った車のライトが門から入ってくるのを見た。植木のあいだからかろうじて光が見えているが、距離がある。つくづく広い敷地を有している波多野家だ。ゆっくりと敷地内を進んでくるライトを目で追っていると、やがて車の本体が見えるほど距離が縮まった。

点々とともる夜間照明に漆黒のボディが照らされる。あの中に秀人が乗っていると思うと、ともに暮らしているというのに、春己は性懲りもなくドキドキした。

「春己様は本当に旦那様のことがお好きなんですね」

「えっ？」

横に並んで立っている吉川にそんなことをしみじみと言われ、春己はぎょっとした。一目で気持ちがわかるほどに変な顔をしていたのだろうか。恥ずかしくて頬が熱くなってくる。

「ああ、すみません。からかったわけではないので、気を悪くなさらないでください。車を見て、とても嬉しそうなお顔をされたので、そう思っただけです」

「はぁ……」

赤くなっているだろう顔を隠したくて俯《うつむ》くと、頭上でふっと吉川が笑った気配がした。先生役となってともに過ごす時間が長くなったからか、吉川が喜怒哀楽をちらりと垣間見《かいまみ》せてくれるようになった。気を許してくれている。これからずっと波多野家で暮らしていくわけだから、春己にとって執事との距離が縮まったのは喜ばしいことだった。

「吉川さんのことも、好きですよ」

親愛の情をこめてそう言ってみたら、吉川が「おや？」と片眉を上げる。口元にはかすかに笑みが浮かんでいるから、春己の意図は明確に伝わっているようだ。

「誤解を招くような言い方はなさらない方がいいですよ」

「だって本当のことです。この家に住んでいる人は、みんな家族ですよね」

吉川は微笑《ほほえ》んだだけだが、否定はしなかった。そんなやりとりをしているうちに秀人の乗った車が玄関前に静かに停車する。吉川がすっと前に出て、後部座席のドアを開けた。秀人が下りてくる。

「お帰りなさい」

心からの笑顔で迎えた春己を、秀人は憂いをたたえたまなざしで見下ろしてきた。冷たい目ではないが、なぜだか鬱屈《うっくつ》を秘めたような目になっている秀人は、無言だった。「ただいま」と車から飛びだすように下りてこなくなったのはいつからだったか——。

「旦那様、お帰りなさいませ」

車のドアを閉じながら吉川が声をかけると、秀人は頷いただけで玄関から中へと入っていく。

春己は思わず救いを求めるように吉川を見上げた。吉川はちょっとだけ考えて、「お気になさらずに」と慰めるように言ってくれた。

「私がすこし探りを入れてみます。多忙なあまりお疲れが溜《た》まっているだけかもしれません」

「それならいいんですけど……」

ただ疲れているだけなら、休息を取ればいい。けれどなにか重大な懸案事項を抱えているのかもしれない。数日前から元気がないとは思っていた。日に日に暗くなっているような気がする。秀人が心配で、春己は胸がきゅうっと苦しくなった。

そういえば、一週間もセックスしていないのはおかしいのだろうか。秀人の悩みが春己との関係に起因することだったらどうしよう。

まだ、たった一カ月。まさか春己に飽きたということはないだろう。それとも、この結婚がまちがいだったと気づいたのか。いや、まさかそんなことはないと思う。将来を誓いあったばかりなのだ。秀人の両親にも会って、受け入れてもらった。

にわかに不安に苛《さいな》まれながら、春己は二階への階段を上がった。帰宅後すぐは書斎に行く習慣になっている秀人の姿は廊下のどこにもない。吉川もついていっただろう。春己は書斎に行く勇気が出なくて、自分の部屋に入った。

たしかに自分の部屋なのに、一カ月もここで寝ていないからか、なんだかよそよそしく感じる。クローゼットの中の衣類は、すべて秀人が買いそろえてくれた。かつては加納が送ってくれた衣類でいっぱいだったのだが、それをよしとしない秀人の手によってすべて破棄されたのだ。春己はもったいないと思ったが、秀人は加納のしたことを許していない。あらためて買ってくれた衣類は、加納が選んだものよりも、春己の好みに合ったものだった。

ベッドに腰をかけ、しばしぼうっとする。秀人と話をしない夜は、手持ち無沙汰だ。波多野家に来る前は、いったいなにをして一人の時間を過ごしていたのか——思い出せない。ここに来てからは、頭の中は秀人のことでいっぱいだった。それが幸せだった。

「……明日の予習でもしようかな」

ほかにすることがなかったので、春己はデスクに行ってテキストを手にした。英会話は順調に身についているらしく、吉川から褒められている。昨日からフランス語がはじまったのだが、英語とは表記がちがうし発音が難しい。中学時代から学校の授業で馴染《なじ》んでいた英語を復習まじりで学ぶのとは勝手がちがった。

「んー……、単語は丸暗記しかないかな」

部屋のテレビをつけて、録画してあるフランス語講座を再生させた。発音は耳で慣れたうえで、繰り返し声に出してみるしかない。鼻で息を抜いたり舌を巻いたりと、日本人には難しいことばかりだ。

四苦八苦していると、ドアをノックする音が聞こえた。

「春己様、すこしよろしいですか？」

「はい、どうぞ」

テレビを消してテキストを置いた春己を見て、吉川がかすかに苦笑する。

「あまり根を詰めすぎると疲れてしまいますよ」

「大丈夫です。いまは、その……時間があったので」

そうだ、と春己はテキストを手に立ち上がり、ドアから一歩入ったところから動かない吉川へ近づいた。

「あの、この発音なんですけど、難しくて」

「明日にしましょう。今夜はもう……」

「これだけでいいんです。お願いします」

なにかをしていないと不安になってしまう、という春己の心情を察してか、吉川がため息をつきながら発音してみせてくれた。

「舌を、こう動かします」

「こう?」

春己は吉川に向かって口を開け、舌を動かしてみせた。吉川が口腔《こうこう》を覗《のぞ》きこむようにして、「そうです」と頷く。

「お上手ですよ」

本当に上手にやれたのだとしたら、すこしホッとする。テキストを胸に抱いた春己を、吉川が物言いたげに見下ろしてきた。そういえば、なにか用事があって春己の部屋までやってきたのではないかな、と小首を傾《かし》げたときだった。

「なにをしている」

秀人の固い声が聞こえた。開けたままのドアから秀人が姿を現した。スーツの上着を脱いだだけで、まだネクタイを解いていない。秀人は吉川に詰め寄った。

「私は春己を呼んできてくれと頼んだはずだ。部屋の中で話しこめとは言っていない。こんなに近づいて、なにを話していた？　春己に口を開けさせて、なにをしようとしていたんだ？」

秀人が怒っている。いったいなにを怒っているのだろう？　口を開けさせて？

吉川は無言で自分の主人を見つめている。

「昼間はずっと二人でいるくせに、まだ足らないのか。そんなに春己と一緒にいたいのか。春己は私の伴侶だぞ。いい加減にしろっ」

秀人の右手がぐっと拳を握った。いまにも吉川に殴りかかりそうだ。

「あ、あの……っ」

なんとかしなければと秀人と吉川のあいだに入ろうとするが、頭に血が上っているのか、秀人は春己を一顧だにしない。口から春己の名前を出しているのに、実際には見てくれないなんて。どこにいる「春己」について言っているのだろうか。

秀人の態度にショックを受けた春己に、吉川が哀れむような目を向けた。ひとつ息をつき、吉川が「旦那様」と静かに語りかける。

「いい加減にしてほしいのは私の方です」

「なんだと？」

「春己様とはかなりの時間をともにしていますが、すべて学習のためです。それ以外のなにものでもありません。旦那様は、春己様をお疑いですか？　生涯の伴侶と誓いあった旦那様を、春己様がたった一カ月で裏切っているとお考えですか？　そして私を、旦那様を裏切って素知らぬふりをしている悪党に仕立て上げたいのですか？　もしそうなら、大馬鹿野郎と横面を張り倒してさしあげますが、いかがでしょう？」

吉川が怒っている。それもかなり激しく。静かな恫喝《どうかつ》は迫力があり、怖いほどだった。

秀人の怒りがすっと治まっていくのがわかる。握っていた拳を開き、視線を泳がせた。

「まったく、ここの兄弟は揃《そろ》いも揃っておなじことを……」

吉川がぶつぶつとこぼしたが、春己はそれどころではなく、秀人の視線を捕らえようと顔を覗きこむ。

「旦那様、とりあえず、春己様を抱きしめてさしあげてください。旦那様の愚かな言動のせいで、春己様はとても傷ついていらっしゃると思います」

執事に諭されて、秀人が春己をやっと見てくれた。好きな人に無視されるのは辛《つら》いことだと、春己はこの夜に学んだのだった。

春己の部屋に秀人が入ることは珍しい。吉川に促されて入室してきた秀人は、ぐるりと見渡して春己に視線を戻したあと、「すまなかった」と謝罪してくれた。吉川がそっと部屋を出ていく。ソファに二人並んで座ると、秀人が優しく肩を抱き寄せてくれた。

「私は、嫉妬していたんだ……」

「秀人さんが、吉川さんに、ですか？」

「そうだ」

ごめん、とため息まじりに呟《つぶや》き、秀人は春己の髪に唇を寄せてくる。頭にキスをされて、春己は緊張を解き、秀人に凭《もた》れた。

「君が勉強に精を出しているのは、私のため、波多野家のためだとわかっている。吉川が優秀な教師だろうということも、わかっている。だが、春己が吉川を褒めるたびに平常心ではいられなかった。私が不在の昼のあいだ、二人で部屋にこもって仲良く勉強しているのかと思うと、気になってたまらなくて——」

「僕が好きなのは秀人さんですよ」

「そうだな。何度もそう言ってもらっているのに、私は………」

もう一度「すまない」と囁《ささや》いて、秀人が春己の額に柔らかなキスをしてくれる。春己の存在を確かめるように、肩から二の腕にかけてをてのひらで撫《な》でられた。

「さっき、帰ってきたとき、車の中から玄関先に立つ春己と吉川が見えた。和やかに談笑している様子を見てしまって、嫉妬のあまりどうにかなりそうだった。車を下りたあと、君にそっけない態度をとってしまったのは、私が未熟なせいだ。申し訳ない」

遠目だったが、車中の秀人から見えていたのか。たしかに談笑していたことになるだろうが、話の内容は秀人だった。

「あのとき、僕は吉川さんに『本当に旦那様のことがお好きなんですね』って言われたんです」

「えっ？」

「秀人さんが乗る車が門から入ってくるのを見て、僕が嬉しそうにしたからです。心の中を言い当てられて、恥ずかしがっていたのを、秀人さんは見たんだと思います」

「……なんだ……」

秀人はかくっと肩を落として、またため息をつく。こんどは春己が秀人の背中を撫でた。

「たぶん、私は自信がないんだ」

「えっ、秀人さんが？」

「君は私のことをスーパーマンのように評してくれるが、できないことは山ほどあるし、私よりも優秀な男など世界中に腐るほどいる。一番身近にいるのが吉川だ。私はあの男に勝てる要素がない。比べられたら負ける。だから、春己が吉川に惹《ひ》かれてしまわないかと、心配でたまらないんだ。二人が仲良くしていると苛々《いらいら》する」

完全無欠に見える秀人が意外にもネガティブで、嫉妬深いことがわかった。

「……幻滅したか？　こんなささいなことで感情的になってしまう男だったと知って」

「いいえ、全然。むしろ親近感が湧きました。秀人さんも僕とおなじ悩める人間だったんですね」

「あたりまえだろう。私はごく普通の人間だ。人を愛して、疑心暗鬼になったり、怒ったり笑ったりする、人間だ。君という伴侶を得て、できれば末長く一緒にいたいと望む、ただの男だ」

ぎゅっと手を握りながら率直な気持ちを伝えてもらえて、春己は胸があたたかななにかでゆっくりと満たされていくのを感じた。

「僕も、できれば好きな人とずっと一緒にいたいと望む、平凡な人間です」

おなじですね、と微笑みかければ、秀人ががばっと覆いかぶさるように抱きしめてきた。

「んっ……」

数秒前までの穏やかな空気はなんだったのかと驚くほど、秀人が唇を重ねてきて貪るようにくちづけてくる。抗う気など微塵《みじん》もないから、春己はされるがままになった。情熱的な舌使いにうっとりする。一週間も放っておかれていた若い体は、あっという間に火をつけさせられた。一カ月前までは、拙い自慰しか知らなかった春己だが、秀人が精力的に開発したおかげで、キスひとつでスイッチが入るようになってしまっている。膝の上に抱き上げられて、秀人のそこももう熱く固くなっているのがわかった。

しばらくセックスがなかったのは、秀人の嫉妬が原因だったのかもしれない。あれこれと考えすぎて、春己を求める余裕がなくなっていたとしたら——。伴侶としてもっと早く気づいてあげなければならなかったと反省する。おおきくて重い責任を背負う秀人にいかんなく力を発揮して働いてもらうには、家庭でリラックスしてもらって、欲求を満たしてあげるのが一番だと思うのだ。

「春己、いいか？」

抱いてもいいかと訊ねてくる秀人の声は、かすかに上擦っているように聞こえた。

「……してください……」

ねだられて許す、というかたちにはしたくなくて、春己は自分からお願いした。秀人が目を細めて笑顔になってくれるから、春己も自然と笑みを浮かべる。好きな人と抱きあえるしあわせを、春己はあらためて噛《か》みしめた。


春己のベッドに二人で倒れこみ、身にまとっている服を脱がしあう。そこで春己は気づいた。

「僕、まだお風呂に入っていません」

剝《む》き出しにされた胸に秀人が吸いついてきて、「あんっ」と甘い声をこぼしてしまってから、一日の汗を流していなかったことを思い出す。慌てて起き上がろうとする春己を、秀人がぐっと上から押さえつけてきた。構わずに乳首をくちゅくちゅと舐《な》めしゃぶってくる。

「秀人さんっ」

抗議する声に、秀人が渋々といった感じで顔を上げた。すでに欲情しきっている目だ。

「そんなのどうでもいい。私も入っていないぞ。臭いか？」

「秀人さんは臭くなんかありません」

「君も臭くない。むしろちょうどいい感じだ」

「ちょうどいい？　なんですか、それ？」

秀人はニッと笑っただけで、ふたたび胸に顔を伏せる。平らな胸についている二つの突起は、秀人のお気に入りらしい。いつもかなりの時間を割いてしゃぶっているのだ。春己はすっかりそこで感じるようになってしまった。乳首を嬲《なぶ》られながら性器を扱《しご》かれると、あっというまに達してしまいそうになる。

「ああ、ああっ、もう、秀人さんっ」

「まだだよ」

愛撫《あいぶ》をストップされてホッとしつつも、体内で荒れ狂うマグマのような快感に、春己は泣きそうになる。裸の胸を重ねてきた秀人は、腰を擦りつけてきた。勃《た》ちあがったもの同士がごりっと触れあう。

「あんっ」

お互いの性器からは先走りが溢《あふ》れていて、腰を揺すって擦りあうと淫らな濡れた音がした。

「しまった……。ここにはなにもないな」

秀人がぼそりと呟いた。もう快感に支配されて朦朧《もうろう》としていた春己は、いったいなんのことかすぐには理解できない。

「春己、この部屋に潤滑剤になるようなものは置いてないか？」

「えっ………」

いきなり現実に引き戻されて、春己は戸惑った。そんなもの、あるはずがない。夫婦の営みは秀人の部屋でしかしていなかった。あれがないと挿入が困難なのは、想像だけでわかる。だがこんな状態になってから部屋を移動――あるいは秀人か春己がベッドを下りて服を身につけ取りに行くのは、なんだか好ましくない。もう身も心もぴったり同調しているのに、離れたくなかった。

「春己、ひとつ方法がある」

「……なんですか？」

「君の後ろを、私が舐めて唾液で濡らして舌で解《ほぐ》して――」

「ダメです！」

最後まで言わせなかった。そんな汚くて恥ずかしいことを秀人にさせられるわけがない。

「お風呂に入っていないって言ったでしょう！」

「じゃあ、お風呂に入ってきれいにすればいいのか？」

「そ、それでも、ダメです。あそこは、口をつけていい場所ではありません！」

「そうか？」

秀人は常識を説く春己の言葉を聞き流し、素早くベッドを下りると全裸の春己を抱き上げた。

「あ、あの？」

「とりあえず、二人ともきれいになろうか」

春己を横抱きにして歩く秀人の足は、この部屋のバスルームに向かっている。客室用のバスルームなので、秀人の部屋にあるものよりもずっと狭い。とても二人でゆったり入れるようなスペースはなかった。

「二人であそこに入るんですか？　狭いですよ」

「この格好で私の部屋に行くか？」

「それは、ちょっと……」

いくらなんでもそれはできない。

「……僕がひとりで入ってはダメですか……」

いまからバスルームに向かう目的は、後ろをきれいにすることだろう。とても冷静な状態で受け入れられる行為ではない。

「ダメだね。いまは君から離れたくない気分だ。私に一人寂しくベッドで待っていろと言うのか？」

「み、見られたくない…です」

恥ずかしさをこらえて正直に訴えたが、笑われた。

「君の体の隅々まで、私はもう何度も見ているよ。いまさらだ」

「僕はまだ慣れていませんっ」

なんてやりとりをしているあいだにバスルームに入ってしまう。ドアを閉めてから床に下ろされ、シャワーノズルの下に二人でくっついて立った。もう何度も抱きあっているのに、明るいバスルームに立つだけで恥ずかしい。

二人で風呂に入ったことは何度かある。最初のころ、終わったあと腰が立たなくなった春己を、秀人が運んで中まできれいに洗ってくれたのだ。だがそれは半ば意識が朦朧としていたときのことで、コトの前に二人で入った経験はない。

向かいあって熱い湯を浴びながら、宥《なだ》めるようなキスをされた。

「私にしがみついて。そう、楽にして立っていてくれ」

命じられるままに春己は秀人の首に両腕を回し、しがみついた。

秀人の手が春己の臀部《でんぶ》をまさぐる。シャワーの中で尻の谷間を広げられ、そこに指が這《は》わされる羞恥にじっと耐えた。つるつると撫でるようにされて感じてしまう。乳首とおなじように、春己のそこは秀人によって性器に変えられている。そんなふうに弄《いじ》られたら、奥まで入れてほしくなってしまう。

「ひ、秀人、さん……っ」

「どうした?」

「あの、そこ……もう……」

言えなくて口ごもる。尻をもじもじと揺らしていたが、春己は気づいていなかった。

「そろそろ、湯で柔らかく解れてきたかな」

つぷっと指先が侵入してきた。待ち望んでいた刺激に、春己は声を上げまいと唇を嚙みしめたが、指がぬくぬくと出し入れされるともう立っていられなくなってくる。膝に力が入らなくて、崩れそうになった。

「もう、無理です」

「なにが？」

「立って、いられません……」

「じゃあ、そこに手をついて、私にお尻を向けて」

さらに恥ずかしい体勢になれと命じられたが、春己は蕩けて力が入らなくなった手足をなんとか動かした。

さっきから煽《あお》られては中断されている欲望が、体内ではち切れそうになっている。一刻も早く秀人に静めてもらいたかった。バスタブの縁に手をつき、秀人に尻を向ける。指で弄られたそこを露《あら》わにするように臀部を左右に広げられた。ぬるりと生温かいものがそこを撫でてギョッとする。

「いやっ、いやです、秀人さんっ」

首を捩《ね》じって振り返った春己が見たのは、そこに舌を這わせている秀人の姿だった。逃げようとしたが秀人にがっちりと腰を摑《つか》まれているし、狭いバスルームでは思うように動くスペースなどないしで、舌から逃れることができない。なにより敏感なそこを舐めねぶられて、強烈な快感に手足が萎えてしまった。

「ああっ、あっ、いやっ」

挿入された指で窄《すぼ》まりが広げられ、そこに舌が差しこまれる。粘膜を舐められるという異常な感触に、春己は身悶《みもだ》えながら泣いた。こんな行為、おかしいのではないかと思いながらも、気持ちよすぎて涙がこぼれる。

快感のあまり頭がどうにかなってしまうと怯《おび》えたころ、舌が離れていった。ホッと安堵したのもつかの間、そこに指よりも太くて舌よりも熱いものがあてがわれる。

まさかこんなところでこのまま体を繋《つな》げるつもりなのかと慌てた春己をよそに、それはぐっと圧力をかけてきて、解されてとろとろになっていた春己の中に入ってきた。

「あ…………っ！」

ぐぐっと押しこまれた衝撃で、春己の前が弾ける。バスタブに放たれた体液に気づいた秀人が、絶頂の余韻に震えている春己の背中にキスを落としてくれた。

「春己、いい子だね。気持ちいい？」

「……い、いいです……」

聞かれたことには素直に答えるように仕込まれている春己だった。

「もっとよくしてあげよう」

「あうっ、ああっ」

くちくちと粘着質の音を立てながら秀人が小刻みに腰を揺する。浅い場所にある春己のいいところを擦《こす》るようにされて、「ひっ」と息を呑んだ。萎える間もなく性器が勃ちあがるのがわかる。

「ああ、春己、素晴らしい……いいよ……」

陶然とした秀人の声に、春己の性感はさらに煽られた。この体が好きな人を気持ちよくさせているのだと思うと、嬉しい。もっともっと気持ちよくなってほしいと思う。もっと……と願うだけで、秀

人を受け入れている場所があやしく蠕動《ぜんどう》した。

「春己、くっ、う……っ」

秀人がさらに膨れ上がり、狭い粘膜を広げた。そうして擦られる。たまらなくよかった。勝手に腰が動いて、男をさらに煽るように太いものを食《は》んでいた。

「ああ、ああ、あぁっ、いい、いいっ」

ここがどこで、いま自分がどんなポーズを取らされているかなんて、なにもわからなくなるほどに春己のすべては快感で埋め尽くされた。

「もう、出すよ、春己……っ」

「出して、いっぱい出して、ああっ、あーっ、あーっ、ああぁぁっ！」

「くっ……」

呻《うめ》き声とともに体の奥で熱いものが弾けた。同時に春己もまたバスタブに白濁を撒《ま》き散らす。ぐったりとバスルームの床に倒れこんだ春己を、秀人が抱きしめてくれた。

「愛してるよ……」

「はい……」

「私には君だけだ」

「僕も、秀人さんだけです……」

唇を重ねて、静かに舌を絡ませた。濃厚なセックスの余韻を楽しむように。

だが、すぐに激しい口づけになってしまう。お互いにすぐ兆してきた。春己はバスタオルにくるまれてベッドに連れていかれてから、朝まで秀人に抱かれたのだった。

「もう、信じられないっ」

ベッドサイドに立って憤慨しているのは章人だ。起き上がれない春己を登校前に見舞いに来たのだが、その原因となった兄への怒りはなかなかおさまらないようだった。

「兄さんがあんなケダモノだったなんて、弟として恥ずかしいよ！」

「でも、あの、秀人さんだけのせいじゃないから……」

伴侶を庇《かば》おうとする春己だが、章人にあっさり「兄さんのせいだから」と言い切られた。

その秀人はすでに会社に行ってしまっている。抱き潰してしまった春己をとても心配してくれていた。一応、悪いと思っているのだ。一週間分の欲求不満が爆発したようなものだが、嫌がらなかった春己も悪い。

「あのね、春己さん。兄さんと春己さんでは体格も体力もちがうわけ。兄さんの方が加減してあげなくちゃならないのに、好き放題に欲望の限りを尽くすなんて、とんでもないことなんだからね！」

ぷんぷんと怒りながら章人の頬はほんのりと赤くなっている。どうやら昨夜のバスルームでの行為を、聞かれていたようなのだ。春己の部屋のとなりは章人の部屋で、バスルームの物音は響きやすい。

部屋自体は防音性が高くとも、バスルームに限ってはそうではなかったのだ。

聞かれていたと知って、春己は恥ずかしくてならない。まともに章人の顔を見られないくらいだ。

「いい？　春己さん、兄さんのことがいくら好きだからって、あれこれ勝手にさせちゃだめだよ。嫌なことは嫌って拒絶して、やりすぎには断固とした姿勢で糾弾しなくちゃ」

拳を振り上げている章人の斜め後ろで、吉川がかすかに呆《あき》れた表情を浮かべていた。春己が助けを求める視線を送ると、「そろそろお時間です」と章人に声をかけてくれる。

「あ、ホントだ。もう行かなくちゃ」

行ってきます、と片手を上げて部屋を出ていく章人を、吉川が追いかける。ドアを閉める前に、

「あとでお茶をお持ちしましょうか」

と聞いてくれたのでお願いした。

ふう、と息をついて目を閉じる。解放されたのは明け方だったが、秀人は元気に出社していった。憂いが晴れて、ついでに欲求不満も解消できて、溌剌《はつらつ》としていた。やはり夫婦の営みは必要なのだ。たびたび寝込むようでは秀人の伴侶としてまずいと思うので、これからは机上の勉強だけでなく、体力作りもしたほうがいいだろう。清掃のアルバイトをしていたころは、たぶんもっと体力があった。

吉川が来たら相談してみよう、と春己は決めた。

ベッドサイドに持ってきてもらったテキストを寝転がったまま広げる。健気《けなげ》な花嫁は、今日もまた勉強に励むのだった。愛のために。

あとがき

こんにちは、はじめまして、名倉和希《なくらわき》です。このたびは「恋する花嫁候補」を手にとってくださって、ありがとうございます。

本作は、健気な少年に地位も財産もある大人が絆《ほだ》されて惚《ほ》れてしまって――というBLの王道でございます。いかがでしたでしょうか。萌《も》えることができましたか。それとも微妙に外しましたか？　私はかなり楽しんで書きました。

担当さんから「つぎは花嫁ものとか、どうでしょう」と提案されて書きました。この話が花嫁ものの括《くく》りに入るのかどうか微妙ですが、タイトルに「花嫁」とついたのははじめてです。年の差ものでもありますね。私としては十歳以上の年齢のひらきがあったら、それは年の差ものの括りに入れてもいいと思っています。

このカップル、じつは嫁の方がしっかりしていそうなので、そのうち力関係は逆転するでしょう（予言）。リバはないと思いますが、春己《はるみ》は執事の吉川《よしかわ》にしっかり教育されて、波多野《はたの》家を守っていくことでしょう。

その吉川ですが、お察しの通り、次男の章人《あきひと》狙いです。けっこうあからさまなのに、恋愛方面に鈍い波多野兄弟は気づいていません。アホです。いまはまだ章人が育っていない

あとがき

ので、手を出していません。成長を見守りつつ、いつか章人を手に入れる日のために過保護の日々……。吉川がいなければなにもできないくらいの大人に育て上げ、機が熟したらパクッといただく計画だと思われます。章人はまんまと吉川しか目に入らない状態にされてしまっているので、計画は成功するでしょう。兄カプよりも鬱陶《うっとう》しいベタベタの二人になりそうです。

波多野家はどうなるんでしょうね。兄弟が二人とも伴侶に同性を選んでしまい、結婚しないなんて。次の世代は？　吉川がどうにかしてくれないかな。なにせスーパー執事です。任せておけば大丈夫……かもしれません。

さて、この本が出るころは年末です。今シーズンの冬は雪が少ないといいな。昨シーズンは雪との戦いでした。雪かきのせいで腰が死ぬかと思いましたよ。もう年です。でもまだまだ煩悩《ぼんのう》は枯れません。昨年も頑張りましたが、二〇一四年も頑張りました。ぜぇはぁ……。たぶん二〇一五年も頑張ると思います。よろしくお願いします。

細々とですが、同人誌もやっています。商業本の番外編を書いていますので、興味のある方はブログやツイッターを覗いて見てください。

紙面が尽きてまいりました。ここまでお付き合いくださり、ありがとうございます。

みなさん、よいお年を。

名倉和希

LYNX ROMANCE

小説原稿募集

リンクスロマンスではオリジナル作品の原稿を随時募集いたします。

募集作品

リンクスロマンスの読者を対象にした商業誌未発表のオリジナル作品。
（商業誌未発表のオリジナル作品であれば、同人誌・サイト発表作も受付可）

募集要項

＜応募資格＞
年齢・性別・プロ・アマ問いません。

＜原稿枚数＞
４５文字×１７行（１枚）の縦書き原稿、２００枚以上２４０枚以内。
※印刷形式は自由。ただしＡ４用紙を使用のこと。
※手書き、感熱紙不可。
※原稿には必ずノンブル（通し番号）を入れてください。

＜応募上の注意＞
◆原稿の１枚目には、作品のタイトル、ペンネーム、住所、氏名、年齢、電話番号、メールアドレス、投稿（掲載）歴を添付してください。
◆２枚目には、作品のあらすじ（４００字～８００字程度）を添付してください。
◆未完の作品（続きものなど）、他誌との二重投稿作品は受付不可です。
◆原稿は返却いたしませんので、必要な方はコピー等の控えをお取りください。
◆１作品につき、ひとつの封筒でご応募ください。

＜採用のお知らせ＞
◆採用の場合のみ、原稿到着後6カ月以内に編集部よりご連絡いたします。
◆優れた作品は、リンクスロマンスより発行させていただきます。
原稿料は、当社既定の印税でのお支払いになります。
◆選考に関するお電話やメールでのお問い合わせはご遠慮ください。

宛先

〒151-0051
東京都渋谷区千駄ヶ谷 4−9−7
株式会社　幻冬舎コミックス
「リンクスロマンス　小説原稿募集」係